岩 波 文 庫

32-233-1

嵐　が　丘

（上）

エミリー・ブロンテ作
河 島 弘 美 訳

Emily Brontë

WUTHERING HEIGHTS

1847

目次

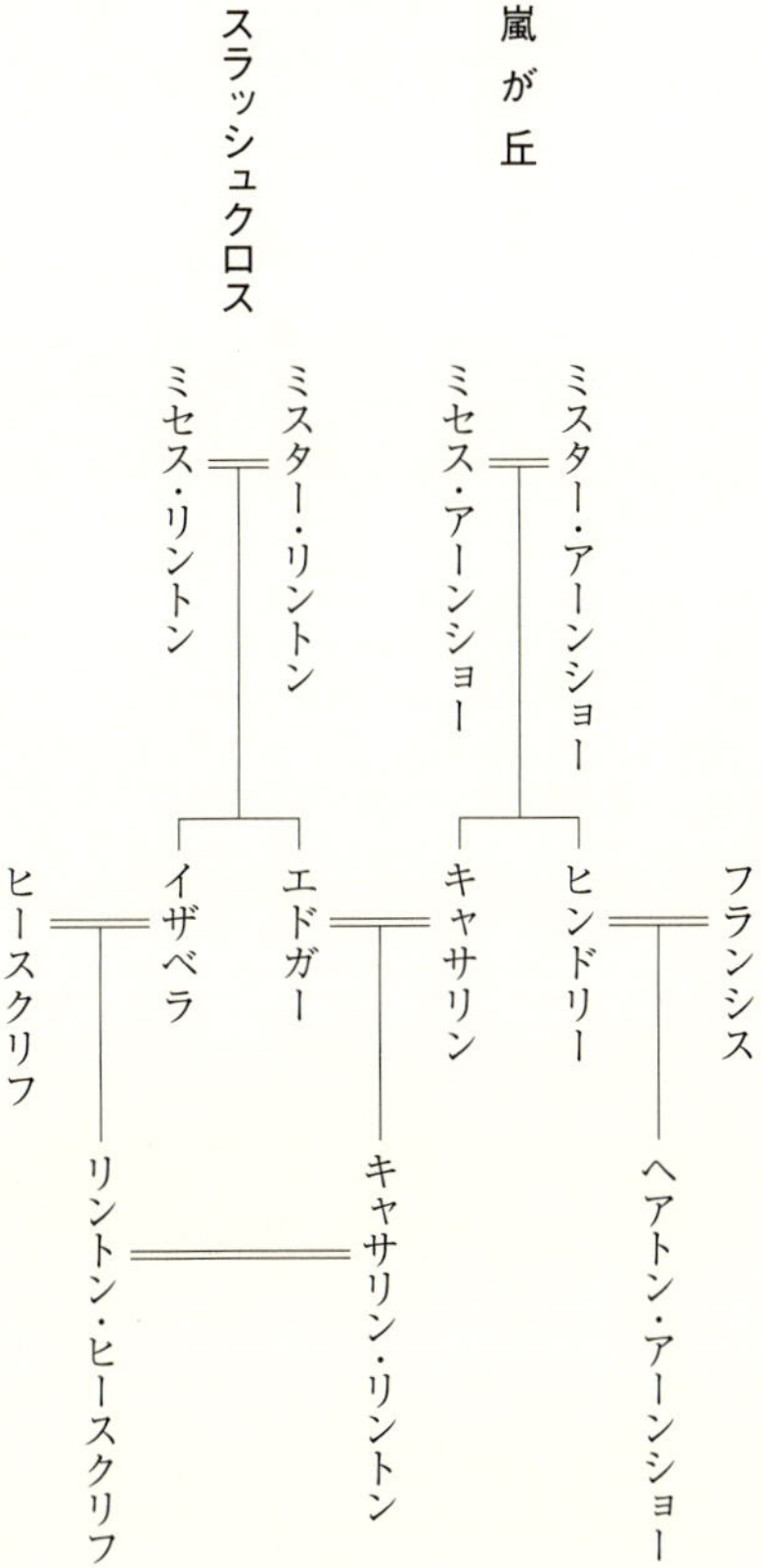
嵐が丘
スラッシュクロス
ミスター・アーンショー
ミセス・アーンショー
ミスター・リントン
ミセス・リントン
フランシス
ヒンドリー
キャサリン
エドガー
イザベラ
ヒースクリフ
ヘアトン・アーンショー
キャサリン・リントン
リントン・ヒースクリフ

嵐が丘

第一部

第一章

一八〇一年――家主をたずねて、いま戻ったところだ。厄介《やっかい》な近所づきあいもあそこだけですむ。実にすばらしい土地だ。騒がしい世間からこれほど隔絶したところは、イギリスじゅうさがしても、おそらく見つかるまい。人間嫌いにとっては、まさに天国のようだ。そしてこの寂しさを分かち合うのに、ヒースクリフ氏とぼくはちょうど似合いの相手である。なんと素敵な男だ。ぼくが馬で乗りつけると、ヒースクリフ氏は眉の下の黒い両眼を疑わしそうに細め、ぼくが名のるのを聞いても、ますます油断なく両手をチョッキの奥に押し込んだ。それを見てぼくの心がどんなに和《なご》んだか、向こうは想像もできなかったことだろう。

「ヒースクリフさんですか?」とぼくは言った。

相手はうなずいた。

「今度お屋敷をお借りすることになったロックウッドです。到着しましたので、さっそくご挨拶《あいさつ》に伺《うかが》いました。スラッシュクロス屋敷をどうしてもお借りしたいなどとお願いして、ご迷惑ではなかったでしょうか。昨日耳にしたところでは、何か別のお考えがおありだったようで…」

「スラッシュクロスはわたしの屋敷です」ヒースクリフ氏は苦々しげに口をはさんだ。「迷惑を我慢してまでお貸ししたりしませんよ。入ってください」

ろくに口も開かずに言うので、言葉は「入ってください」でも、まるで「とっとと失《う》せろ」という意味に聞こえる。門の扉によりかかったまま、あけてくれようともしないのだ。ぼくが入ってみる気になったのも、ヒースクリフ氏のそんな様子のせいだったと思う。ぼく自身よりずっと人間嫌いらしい男に興味を感じたのである。

ぼくの馬が胸で門を押しあけて進もうとするのを見て、ヒースクリフ氏はようやくチョッキから手を出し、鎖をはずした。そして、むっつりしたまま先に立って敷石道を歩いて行き、中庭に入るとすぐに声をかけた。

「ジョウゼフ、ロックウッドさんの馬を連れて行け。それからぶどう酒を持ってくるんだ」

一度に二つの用事を言いつけるところを見ると、この家の使用人は一人だけらしいな、とぼくは考えた。敷石の間から草が伸び、生垣《いけがき》は牛が食いちぎるままに放ってあるのも無理のない話だ。

ジョウゼフは年配の、と言うよりももう年をとった男だった。かくしゃくとしてはいるものの、かなりの年寄りかもしれない。

「神様、お助けを」ぼくの馬を受け取りながら、いかにも不機嫌そうに小声でつぶやいて、いやな目でぼくの顔をにらむ。これはきっと消化不良の胃袋に神の助けが必要なのであって、ぼくの訪問とは無関係なのだろう、と善意に解釈しておいた。

「嵐が丘《ワザリング・ハイツ》」というのがヒースクリフ氏の屋敷の名前である。「ワザリング」というのはこの地方独特の形容詞で、嵐の時に屋敷のあたりに吹きつける風の激しさを表している。確かにあの丘の上なら、澄んだ空気がたえず吹きわたっているに違いない。屋敷の隅の数本の樅《もみ》の木が、丈を充分伸ばしきれず、ひどく傾いて立っているのを見れば、吹きすさぶ北風の威力がわかる。並んだ茨《いばら》も、太陽の恵みを求めるようにすべて同じ方向に枝をひょろひょろと差し伸べているのだ。幸い、建築師も環境をわきまえて丈夫な建て方をしたようだ。窓は細長く、厚い壁の奥にしっかりはめこまれているし、四隅は大きく張り出した石で守られている。

敷居をまたぐ前に、ぼくは立ち止まって、家の前面にほどこされた、奇怪な彫刻の数々を眺めた。ことに玄関の扉の上方には崩れかけた怪獣グリフィンや裸の子供の姿がぎっしりだったが、その中に「一五〇〇年」という年号と「ヘアトン・アーンショー」という名前が読みとれる。ぼくとしてはそこで感想でも述べて、無愛想な持ち主から屋敷の歴史を簡単にでも聞かせてほしいところだった。だが、相手は入口に立って、さっさと入るならよし、さもなければ帰ってもらいたい、という態度に見えたので、まだ奥にも通されないうちにこれ以上いらいらさせてはいけない、と思い直した。

中へ一歩入るとそこが居間で、玄関も廊下もない。この地方で特に「ハウス」と呼ぶ、家族の居間である。ふつうは台所がついているのだが、嵐が丘では台所は別の一角《いっかく》に置かれているらしい。ともかく話し声や料理道具の触れ合う音が奥のほうから聞こえてきたのは確かだ。大きな暖炉のまわりにも、そこで何かを煮たり焼いたりした形跡はないし、磨きあげた銅のシチュー鍋や錫《すず》の水切りが壁にかかっているわけでもない。ただ、部屋の端で暖炉の光と熱を反射しているのは白鑞《ピューター》の大皿で、大きな樫材《かしざい》の食器棚の中に銀の水さしやジョッキとともにおさめられ、天井に届くまでぎっしりと積み上げられている。天井には板を張っていないので、オート麦製ビスケット、牛の脚肉、羊肉、ハムなどをつるした一ヵ所だけを除いて骨組がむき出しのまま見える。暖炉の上にはまがまがしい古い鉄砲が数種類と、馬上短銃が二梃《ちょう》かけてあり、炉棚にはけばけばしい色の缶が三つ、飾りに並べられていた。なめらかな白い石の床に、背の高い、古風なつくりの緑の椅子《いす》が置かれ、別のどっしりした黒い椅子も一、二脚、目立たない陰にあるようだった。食器棚の脚でできたアーチの下には、大きな茶褐色の、雌《めす》のポインターが一頭、鳴き立てる子犬たちに取り巻かれてゆったりすわっていたが、犬はまだほかにも、あちこちの隅にいるらしい。

この屋敷の主がもし、がっしりした手足に似合う、膝《ひざ》でしぼった半ズボンとゲートルを身につけ、頑固そうな顔つきをした、素朴な北国の農夫だったとしたら、部屋にも家具にもとりたてて変わった点はなかっただろう。このあたりの丘陵地帯五、六マイルの範囲内でも、食後の時間を見はからって行けば、そのような農夫が肘《ひじ》掛け椅子にすわり、前の丸テーブルに泡立つビールのジョッキをのせてくつろぐ姿を目にすることができるはずなのである。しかし、ヒースクリフ氏はこの住まいや生活様式とは特異な対照をなしている。顔は浅黒くジプシーのようだが、服装と態度は紳士なのだ。紳士といっても田舎《いなか》の地主階級くらいのもので、無頓着《むとんちゃく》なところから多少だらしなく見えるかもしれなかったが、姿勢が良く、体格も立派なせいか、それほどひどく見えずにすんでいた。そして、かなり気むずかしい。それを育ちの良くない人間の自負心によると考える人もいるだろうが、ぼくには何か心に通じるものがあって、そうは思えなかった。ヒースクリフ氏が人とうちとけないのは、感情をこれみよがしに表に出すこと、とりわけ好意を示し合うことへの反感によるのだとぼくは直感で理解していたのだ。愛するにしても憎むにしてもヒースクリフ氏は感情を外に見せないだろうし、相手から愛されようが憎まれようがたいして問題にはするまい、と。いやいや、これでは先を急ぎすぎているようだ。自分の性格をやたらに人にあてはめている。他人が交際を求めて近づいてくるとヒースクリフ氏も握手の手を引っ込めるが、ぼくと同じ理由からとは限らないではないか。ぼくのほうがよっぽど変わっている。おまえは幸せな家庭など持てそうもないわね、とよく母に言われたものだが、まさにその通りだということをこの前の夏にも証明したばかりなのだ。

好天に恵まれた一ヵ月を海岸で過ごしている間に、ぼくはすばらしく魅力的な女性と知り合う機会を得た。ぼくの目には女神のような人だった――少なくとも向こうがぼくに注意を払うようになるまでは。『十二夜』のヴァイオラではないが、ぼくも「胸の思いを口には出さなかった」。けれども、目は口ほどにものを言うもの、ぼくがすっかり夢中になっているのはどんな愚《おろ》か者《もの》にもわかったことだろう。女性もついに気がついて、好意のまなざしを返してくれるようになった――想像もつかないほど魅惑的なまなざしを。それでぼくはどうしたか。恥をしのんで告白すると、ぼくはかたつむりのように自分の殻《から》に閉じこもり、視線が向けられるたびにますます奥へとかたくなに引っ込んでしまったのである。純真な相手は気の毒にも自分の勘違いだったのだと思ってすっかり狼《ろう》狽《ばい》し、母親を説得して立ち去って行った。

こんな変わった気質のせいで、ぼくは意図して薄情なしうちをする男だとうわさされるようになったが、それが不当であるのを自分だけは承知している。

さて、ヒースクリフ氏が暖炉に歩み寄ったので、ぼくはその反対の端にすわり、沈黙をまぎらすために母犬をなでようとした。すでに子犬のそばを離れていた母犬は、狼のようにぼくの脚のうしろに忍び寄っていた。いまにもかみつきそうに、白い歯をむき出してよだれをたらしている。ぼくが撫《な》でると、怒ってのどの奥で長いうなり声をたてた。

「この犬はかまわんことです」ヒースクリフ氏は犬と同じようなうなり声で言い、それ以上の行動に出ないように犬を一回蹴《け》った。「ふだんから甘やかしてない犬なんでね。

愛玩《あいがん》用に飼ってるわけじゃないんですよ」

それから脇のドアまで大股《おおまた》に歩いて行くと、再びどなった。

「ジョウゼフ！」

ジョウゼフは地下室の奥で何かぶつぶつ言っているだけで、上ってくる気配がない。そこでヒースクリフ氏が下りて行ったので、ぼくは犬たちと差し向かいであとに残される形になった。獰猛《どうもう》な雌犬のほかに、すごみのある顔つきをした毛むくじゃらの牧羊犬も二頭、ぼくの動きをそろって油断なく見張っている。

犬たちの牙にかかるのはごめんだったので、ぼくはじっとすわっていた。しかし、無言であれば侮辱してもわかるまいと思って、三頭に向かって目くばせやしかめっ面《つら》をしたのが失敗だった。表情のどれかがお気にさわったらしく、怒った雌犬がいきなりこちらの膝にとびかかってきた。ぼくはそれをはねのけ、急いでテーブルの反対側へまわったが、これがきっかけで室内はまるで蜂の巣をつついたような騒ぎとなった。大きさも年齢もさまざまの六頭もの犬たちが、隠れていた隅から四本足の悪魔のようにおどり出て、おもにぼくの踵《かかと》と上着の裾をねらってとびかかってくるのだ。ぼくは火かき棒を武器にして、大型の敵をかわすべく応戦したものの、どうにも収拾がつかず、ついには誰か来てくれと助けを求めざるを得なかった。

　ヒースクリフ氏とジョウゼフは、じれったいほどのろのろと地下室の階段を上ってきた。いまや暖炉のまわりはほえたりかんだりの大立ち回りで騒然としているのに、ふだんの動きをほんのわずかでも速くしようとする気配はまるでない。

　幸いにも台所から、もっとすばやい救いの手が現れた。真っ赤な頬《ほお》で大柄な女性が、服の裾《すそ》や袖《そで》をたくし上げたかっこうで、フライパンを振りかざしながら騒ぎの真ん中に駆けつけてくれたのだ。その武器と舌にかかると嵐は嘘《うそ》のように静まり、あとにはその人ひとり、嵐のあとの海のように胸を波立たせているだけだった。そこへようやくヒースクリフ氏が登場した。

「いったい何事ですか」ヒースクリフ氏の目つきは、こんなひどい仕打ちを受けた客としてはとうてい我慢できないものだった。

「いや、まったく何事なんでしょうなあ」ぼくはぶつぶつ言った。「悪魔にとりつかれた豚の群れだって、お宅の犬ほど根性が悪くないでしょうよ。いっそお客なんぞ、虎の群れに預けたらどうです」

「何もしなければ、うちの犬は知らん顔をしているはずですがね」ヒースクリフ氏はそう言ってぼくの前に瓶《びん》を置き、テーブルの位置を直した。「犬は警戒心があって当然です。さあ、ぶどう酒を一杯、どうです?」

「いや、けっこうです」

「かまれたわけじゃないんでしょう?」

「かんだりしたら、そいつに焼き印を押してやっていますよ」

ヒースクリフ氏は表情をなごませて、にやっと笑った。

「まあまあ、ロックウッドさん、そう興奮なさらずに少しぶどう酒を飲んで下さい。うちはめったにお客がないもので、犬もわたしももてなし方をほとんど知らんのですよ。では、あなたの健康を祈って乾杯!」

そこでぼくも頭を下げて、乾杯を返した。馬鹿犬の無作法にいつまでも腹を立てて不機嫌な顔をしているのもつまらない話だと思えてきたし、どうやら事態をおもしろがっているらしい相手をこれ以上喜ばせてやるのはまっぴらだったからである。

ヒースクリフ氏の方も、よい借家人を怒らせるのは愚行だと悟ったのか、代名詞や助動詞を省略するぞんざいな口調を少し改め、ぼくの興味を引きそうな話題、つまり今度ぼくが借りて住む屋敷の長所や短所について話し始めた。

その点に関してヒースクリフ氏は豊富な知識があった。ぼくはまだ帰りもしないうちに、明日もう一度ここを訪問しよう、という気になっていた。

二度と邪魔はされたくないと向こうが思っているのは明らかだったが、かまうことはない。また行こう。ヒースクリフ氏に比べると、このぼくがなんと社交的に思えることか、信じられないくらいだ。

第二章

昨日の午後は霧が立ちこめて寒かった。こんな日にヒースとぬかるみの丘を越えて嵐が丘に出向くよりも書斎の火のそばで過ごそうと、ほとんど心は決まっていた。ところが正餐《ディナー》がすんだ時のことだ。(正餐は十二時から一時の間である。五時にしてほしいと頼んだのだが、屋敷の家政婦である中年婦人にはぼくの頼みがわからないのか、わかりたくないのか、変えてくれないのだ。)くつろぐつもりで階段を上がって書斎へ行くと、ブラシや石炭入れなどを置いた床に女中が膝をつき、もうもうと灰を立てながら石炭殻《せきたんがら》をかぶせて火を消しているところだった。それを見てぼくはすぐさま下に戻り、帽子をかぶって四マイルの道を歩き出した。ヒースクリフ氏の屋敷の庭門に到着するのとほぼ同時に、吹雪《ふぶき》の最初の雪片がひらひらと舞いおりてきた。

丘の頂上は吹きさらしで、大地は黒く霜で凍《い》てつき、ぼくの手足は寒さに震えた。鎖がはずせないので門をとび越え、スグリの茂みに縁どられた敷石道を走って行ってドアをたたいた。返事はない。そのうちにこぶしが痛くなり、犬たちがほえ始めた。

「なんてひどいやつらだ」ぼくは心の中で叫んだ。「訪ねてくる者をこうひどくあしらうのなら、人間社会から永久に孤立させられても当然の報《むく》いというものだ。ともかくぼくならば、昼間からドアに閂《かんぬき》などかけたりしないのは確かだぞ。かまうものか。入ってやる」

そう決めると、ぼくは掛け金をつかみ、激しい勢いでゆさぶった。納屋《なや》の丸窓から、ジョウゼフが不機嫌な顔をのぞかせ、大声で言った。

「何の用かね。旦那さまは羊小屋にいらっしゃる。話がしたければ納屋の端をまわって行きなされ」

「ドアをあけてくれる人は、中に誰もいないのか？」ぼくも大声で叫び返した。

「いらっしゃるのは若奥さま一人だけでね。夜までうるさくがたがたしたって、ドアはあけてくれるまいよ」

「どうしてなんだ？　お前が取り次いでくれればいいじゃないか、ジョウゼフ」

「お断りだね。わしの知ったことじゃありませんよ」ジョウゼフはそうつぶやくと、いなくなってしまった。

雪が激しくなってきた。ドアの取っ手をつかんでもう一度ゆさぶろうとしたところに、一人の若者が、上着も着ずに干草《ほしくさ》用ピッチフォークをかついで裏庭から姿を現した。あとについて来い、と言う。洗濯場を通り抜け、石炭置場、ポンプ、鳩小屋などのある石畳の一画を歩いて、ようやく若者とぼくは、昨日も通された、あの明るく暖かい、広い居間に到着した。

石炭、泥炭、薪《まき》のたっぷりくべられた暖炉の火で、部屋は赤々と照り輝いていた。豊かな夕食の調えられた食卓、そしてそのそばに若奥さまと呼ばれた人の姿をみとめて、ぼくは嬉しくなった。屋敷にこんな女性がいようとは、それまでまったく思わなかったのだ。

ぼくは一礼し、お掛けくださいと言われるのを待った。女性はぼくを見たが、椅子にまっすぐにすわったままで動かず、口もきかない。

「ひどい天気ですね」とぼくは言った。「お宅の召使いたちが取り次ぎに手間どるせいで、ドアがいたみますよ、ヒースクリフ夫人。聞こえないらしくて、出てきてもらうのに、ぼくはさんざん苦労しました」

女性は無言のままだった。ぼくが見つめると、向こうもぼくを見つめる。それはむしろ、冷たく無関心にいちおうぼくに視線を向けているだけのようなものなので、感じが悪く、人をまごつかせた。

「すわりなさい。すぐ入ってきますよ」若者がぶっきらぼうに言った。

ぼくは腰をおろして咳《せき》ばらいをし、あの獰猛な雌犬ジュノーを呼んだ。会うのが二度めとあって、ぼくを覚えているしるしにジュノーは尾の先を少しだけ振ってくれた。

「立派な犬ですね。子犬は手放すおつもりですか？」ぼくは再び口を開いた。

「わたしの犬じゃありません」その返事のそっけなさときたら、ヒースクリフを上回るほどだった。

「ああ、あなたのお気に入りはあちらにいるほうですか？」猫のようなものがのったクッションが暗がりにあるのが目に入ったので、それをさしてぼくは言ってみた。

「変なお気に入りですわね」相手は冷ややかに答えた。

具合の悪いことに、猫だと思ったのは兎の死体の山だったのだ。ぼくはもう一度咳ばらいをして椅子を暖炉に近く引きよせ、ひどい天気だという話を繰り返した。

「出ていらっしゃらなければよかったのに」そう言って婦人は立ち上がり、炉棚にある色あざやかな缶を二つとろうと手をのばした。

それまで陰になった場所にすわっていたためによく見えなかった顔つき、身体《からだ》つきがこの時はっきり見てとれた。ほっそりとして、まだ少女と言ってもよいくらいだ。姿も美しいが、顔もまた、見たこともないほど繊細で美しい。色白で、小さく整った目鼻立ち、そして亜麻色というより金色に近い巻き毛が細いうなじにゆるやかに垂れている。もし優しい気持ちがこめられていたなら、その目もたまらなく魅力的だったことだろう。だが、夢中になりやすいぼくにとっては幸いなことに、そこにあったのは美しい目にそぐわない、軽蔑《けいべつ》と絶望のまじった感情だけだった。

缶に手が届きそうもないのに気づいて、ぼくは手を貸そうとした。そのとたんに、婦人はくるりとこちらに向き直った。まるで大事な金勘定を手伝ってやろうと言われた守銭奴《しゅせんど》のような勢いだ。

「お手伝いはいりません。自分でとれます」かみつくような剣幕で婦人は言った。

「失礼しました」ぼくはあわてて答えた。

「お茶によばれていらしたんですか？」上品な黒い服にエプロンをつけ、茶さじですくった紅茶の葉をポットに入れようとした手をとめて、婦人がぼくに訊《たず》ねた。

「喜んでいただきます」

「よばれていらしたんですか？」

「いいえ」ぼくは微笑して答えた。「このお屋敷の奥さまであるあなたがよんで下さればいいわけですが」

ぼくの返事を聞くと、婦人は紅茶もスプーンも放り出すように元に戻し、すねたように自分の椅子にすわってしまった。額に皺《しわ》を寄せ、赤い下唇を突き出した様子は、泣き出しそうな子供そっくりだ。

一方若者のほうは、ひどくみすぼらしい上着をはおり、火の前に突っ立って、横目でぼくをにらんでいた。深い恨《うら》みのある敵をにらむような目つきだ。この若者ははたして召使いなのかどうか、ぼくは疑問を感じ始めた。服装も口調も粗野で、ヒースクリフ夫妻のような品の良さがまったくない。茶色の巻き毛は櫛《くし》も入れずにもじゃもじゃのままだし、頬ひげは熊のようにはえ、両手もただの下僕のように茶色い。ところが態度のほうは遠慮がない、というよりむしろ傲慢《ごうまん》なほどで、屋敷の女主人に仕える召使いらしいかいがいしさが全然見られないのだ。

身分がはっきりしないからには、その奇妙なふるまいには目をつぶっているのが一番だと考えているところへ、五分ほどしてヒースクリフ氏が入ってきたので、ぼくの気まずさもいくらか救われた。

「どうです、お約束通り参りましたよ」ぼくはいかにも陽気そうに言った。「この雪では三十分くらい足留めを食いそうです。そのくらいお邪魔させていただければ、ですが」

「三十分？」ヒースクリフ氏は服についた雪をはらい落としながら言った。「それじゃ吹雪《ふぶき》の一番ひどい時にわざわざ出て行くようなものだ。沼地で迷ってもいいんですかね？このへんの荒野にくわしい者でも、こんな夜にはよく道がわからなくなるんですよ。それに今のところ、この吹雪がおさまる様子はちっともありませんね」

「お宅の若い人を一人、道案内にお願いできれば、今夜はスラッシュクロスに泊まってもらって、と思うのですが。どなたかお借りできませんでしょうか」

「いいや、無理ですね」

「そうですか。そうなればしかたない、自分の勘に頼って帰ります」

「ふふん！」

「お茶はいれるんだろう？」みすぼらしい上着の若者が、ぼくに向けていた凶暴な目を婦人のほうへ移して訊ねた。

「この人にもさしあげるの？」婦人はヒースクリフ氏に向かって聞いた。

「あげればいいだろう」その言い方があまりに邪険なので、ぼくはぎくりとした。邪悪な性質の表れた口調だった。ヒースクリフ氏を素敵な男だと呼ぶ気がなくなったのはこの時である。

支度《したく》ができると、ヒースクリフ氏がぼくに声をかけた。「さあ、どうぞ椅子をこっちへ」

粗野な若者もふくめて、ぼくたちはテーブルを囲んだ。飲んでいる間も、その場は重苦しい沈黙に包まれている。

この暗雲のような気まずさをぼくがもたらしたとすれば、その雲をはらうよう努力するのが義務だとぼくは思った。毎日こんなに黙りこくって、にこりともせずに食卓についているはずはない。いくら気むずかしい家族といえども、常にそんなしかめっ面《つら》で暮していると は考えられなかった。

一杯めのお茶を飲み終って二杯めをついでもらっている間に、ぼくは口を切った。

「習慣によって人間の考えや好みが決まってくるのは不思議なものですねえ。ヒースクリフさん、あなたのように世界からまったく離れた暮しの中に幸福があるとは想像もできない人が多いかもしれません。でも、こうしてご家族に囲まれて、お優しい奥さまをご家庭と心の守り神としてお持ちのところを拝見すると、失礼ながら…」

「お優しい奥さまだと！」ヒースクリフ氏は、ほとんど悪魔的な冷笑を浮かべた顔でぼくの言葉をさえぎった。「どこにいるんです？　そのお優しい奥さまというのは」

「もちろん、ヒースクリフ夫人のことですよ」

「なるほど。すると妻の魂が、肉体のほろびた今も、守護天使として嵐が丘を見守っていると、そうおっしゃりたいわけですかな？」

とんだ間違いをしたのに気づいて、ぼくは言い直す道をさがした。夫婦にしては、確かに二人の年齢の差が大きすぎることに気づくべきだったのだ。ヒースクリフ氏は四十前後、気力に満ちた年頃で、若い娘と愛情によって結婚しようという夢などめったに抱くはずがない。そんな夢を抱くのは、もっと年をとってからのことだ。一方、婦人のほうは十七にもなっていないように見える。

その時ひらめいた考えがあった。ぼくの脇《わき》にすわって、鉢から紅茶を飲み、手も洗わずにパンを食べている、この無骨者があの人の夫かもしれない。ヒースクリフ氏の息子にあたるわけだ。生きながら埋葬されたような世間離れした暮しの結果というものだろう。ほかにもっといい男もいるのに、それを知らないばかりにこんな田舎者と結婚してしまったに違いない。かわいそうに。ぼくのせいであの人が自分の結婚を後悔することのないように気をつけなくては。

うぬぼれに聞こえるかもしれないが、そうではない。隣にすわった若者は見苦しく、一方ぼくは、自分がかなりの魅力の持ち主であるのを経験から知っていたのだ。

「ここにいるヒースクリフ夫人は、わたしの義理の娘になります」ヒースクリフ氏は言った。ぼくの推測通りだった。ヒースクリフ氏はそう言いながら本人のほうを向いたが、顔に浮かべたのは奇妙な表情——憎悪の表情だった。顔の筋肉の仕組みが他の人間とは異なっていて、表情から普通読みとれる感情とまったく違う本心があるのだというのでもない限り、間違いようもなく憎悪だった。

「ああ、なるほど。わかりました。優しい妖精を妻にした幸せ者はあなたなんですね」とぼくは隣にいる若者に言った。

これがさっき以上の失敗だった。若者は真っ赤になってこぶしを握りしめ、いまにもかかってきそうに見えた。それでもまもなく落ち着きを取り戻したらしく、怒りをおさえるために、激しい悪態をぶつぶつとつぶやいた。ぼくは気づかぬふりを通した。

「当てるのが不得手な人ですなあ」ヒースクリフ氏が言った。「わたしもこいつも、優しい妖精を妻にした幸せ者とやらではありません。これの夫は死にました。義理の娘だと言ったでしょう？　ということは、わたしの息子と結婚したに決まってますよ」

「では、こちらの若い方《かた》は…」

「もちろん、息子なんかじゃない！」

ヒースクリフ氏はまた微笑した。こんながさつなやつが息子とは、冗談にしてもひどすぎる、と言いたげだった。

「ぼくはヘアトン・アーンショーです。この名前に敬意をはらっていただきたいものですね」若者がうなるような声で言った。

「敬意を欠いた覚えはまったくありません」ぼくは答えた。若者の自己紹介の仕方がもったいぶっているので、心の中で笑わずにはいられなかった。

若者はこちらをにらみ続けている。にらみ返していたら、そのうちに横《よこ》っ面《つら》をなぐるか笑い出すかしそうだったので、こちらは目をそらした。この和《なご》やかな家族団欒《だんらん》の席にはまったく場違いだという気がしてくる。重苦しい雰囲気のせいで部屋の快適さもすっかり台なしなのだ。三度めの訪問は慎重に考えなくては、とぼくは考えた。

ひたすら食べて飲むだけのお茶も終り、一言の会話もないので、ぼくは窓に近づいて外の様子を見た。

心の沈む光景だった。早くも暗くなり、風と雪が激しく一つに渦巻く中に、空も丘もまじって区別がつかない。

「このありさまでは、道案内なしで家へ帰るのはとても無理だ」ぼくは思わず声をあげてしまった。「道はもう埋まっているだろう。埋まっていないとしても、一歩先も見えないだろうし」

「ヘアトン、あの十頭ばかりの羊を納屋の入口に追い込んでおけ。囲いの中に一晩じゅう出しておいたら、雪に埋まってしまう。入れたら板を一枚当てておくんだな」

「どうすればいいだろう」焦《あせ》りを募《つの》らせてぼくは言った。

誰の返事もない。部屋を見回すと、犬にやる粥《かゆ》の桶《おけ》を運んできたジョウゼフとヒースクリフ夫人がいるだけだった。夫人は、さっき紅茶の缶を元に戻した時に炉棚から落ちたマッチの束を手にして暖炉にかがみ、燃やして遊んでいる。

ジョウゼフは桶を床におろすと、じろりと部屋の中を眺め、しゃがれた声でわめいた。

「よくもまあ、ずうずうしくそんなところでぼやっと突っ立っていられるもんじゃな。

みんな外へ行ったっていうのによ！　だがな、あんたは役立たずだから、言ってもむだってもんじゃ。そういう態度を直すはずなんかない。もうさっさと悪魔のところへ行っちまえ、母親みたいにな」

ジョウゼフの言葉が自分に向けられたと一瞬思ったぼくは、腹を立ててジョウゼフの方に歩み寄った。ドアから外へ蹴り出してやるつもりだった。

ところがその時ヒースクリフ夫人が答える声を聞いて、ぼくの動きは止まった。

「あきれた猫かぶりね。悪魔だなんて口に出したら、身体ごと魂までさらわれてしまうのに、かまわないの？　注意しておくけれど、わたしを怒らせないほうがいいわよ。怒らせると悪魔に頼んでおまえをさらってもらうから。お待ち、ジョウゼフ、よく聞いて」夫人は棚から細長い黒い本を一冊とり出した。「魔術の勉強がどこまで進んだか教えるわ。もうじき卒業なんだから。あの赤牛が死んだのは偶然じゃないし、おまえのリューマチだってね、神様の思《おぼ》し召《め》しだなんて思ったらとんでもない話よ！」

「ああ、恐ろしや、恐ろしや」ジョウゼフはあえいだ。「神様、わしらを悪の手から救って下さいまし」

「何言ってるの、おまえなんか、神様に見放された、救われる望みもない輩《やから》じゃないか。さっさと消えて。さもないとひどい目にあわせるわよ。ろうと粘土でおまえの人形を作るの。わたしの決めた線を越えたら——どんな目にあわせるか、今は言わないけれど、いずれ思い知るでしょうよ。さあ、早く行きなさい」

美しい目に魔女の呪《のろ》いをこめたふりをして見つめると、ジョウゼフは本心から震え上がり、「恐ろしや、恐ろしや」と叫んだり、祈りを唱えたりしながら急いで出て行った。

ジョウゼフをおどかしたのも退屈しのぎの冗談の一つだろうとぼくには感じられた。

その夫人と二人だけになったので、ぼくはこの際自分の苦境を訴えてみようと思った。

「ご面倒をおかけして申しわけありませんが」ぼくは真剣に言った。「お顔から見てもご親切に違いないと信じてお願いいたします。ぼくが家に帰り着くための目印をいくつか教えていただけませんか？　まったく道の見当がつかないんです。あなたがロンドンへの道をご存じないのと同じくらいでしてね」

「いらした道を戻ることですわ」夫人はろうそくを手にして椅子に落ち着き、細長い本を広げた。「簡単ですけど、これ以上に確かな忠告は思いつきません」

「では伺いますが、もしぼくが沼か雪穴にはまって死んでいるのが見つかったとしても、あなたには少しも責任はない、良心のとがめることはないだろうと、そうおっしゃるんですね?」

「だって、なぜそんなわけがありますの? わたしにはご案内できませんのよ。庭の塀の端までだって行かせてもらえないんですから」

「あなたご自身に案内なんて! こんな晩にぼくの都合でそんなこと——玄関の敷居をまたいで下さいとだって、申しわけなくてとてもお願いできませんよ」ぼくは思わず声を高めて言った。「案内ではなくて、道を教えて下さればいいんです。あるいは、案内をつけるようにヒースクリフさんに頼んでいただければ」

「つけるって誰を? うちにはあの人と、ヘアトン、ジラ、ジョウゼフ、それにわたししかいません。誰に行けとおっしゃるの?」

「農場で働く若い人はいないんですか?」

「いいえ、いま言ったので全部です」

「では今夜は泊めていただくしかないようですね」

「その相談は屋敷の主《あるじ》となさって下さい。わたしは関係ありませんから」

「これに懲《こ》りて、今後はむやみにこのへんを歩きまわらないようにしてほしいものですな」台所のほうからヒースクリフの厳しい声がした。「泊まると言われても、うちには人を泊める用意はありません。ヘアトンかジョウゼフのベッドで一緒《いっしょ》に寝てもらうことになりますよ」

「この部屋の椅子で寝てもいいんですが」とぼくは答えた。

「いや、それはだめだ。金持ちでも貧乏人でも、他人は他人ですからな。目の届かない時に家の中をうろうろされては困る」相手は無作法にもそう言った。

これほどの侮辱にはもう我慢できず、ぼくは怒りの言葉とともにヒースクリフを押しのけるように庭へ飛び出した。あわてていたのでヘアトンにもぶつかった。とても暗くて出口がわからない。うろうろしていると、ご親切な一家の会話がまた耳に入った。はじめは若者がぼくの味方をしてくれる様子だった。

「おれが猟園まで一緒に行ってやろう」という声がする。

「一緒に地獄まで行くがいい！」若者の主人なのかどうか、関係はわからないのだがヒースクリフがどなった。「それで馬の世話は誰がするんだ、ええ？」

「馬は一晩くらい放っておいても、人の命のほうが大事よ。誰かが送って行かないと」ヒースクリフ夫人が意外に親切な言葉をつぶやいてくれた。

「あんたの命令じゃ行かないぞ。あいつのためを思うんなら黙ってるがいい」ヘアトンが言った。

「行かなかったら、あの人が幽霊になってあんたにとりつくわよ。そしてあの屋敷も、廃墟になるまで二度と借り手なんかつかなくなるから！」夫人も負けてはいない。

「またあれだ。みんなに呪いをかけるんじゃから」ジョウゼフがつぶやいた。ちょうどぼくはジョウゼフのほうにそっと近寄っていたのだ。

呼べば聞こえる距離のところで、ジョウゼフは手さげランプを置いて、牛の乳をしぼっている。ぼくはそのランプをいきなりつかむと、明日返すからな、と叫びながら一番近い門に向かって走った。

「旦那さま、旦那さま、ランプを盗んで行きますよう！」ジョウゼフはわめき立てながら追ってくる。「さあ、ナッシャー！　ウルフ！　行け！　あいつをつかまえるんだ！」

小さい門をあけたとたんに、二頭の怪物のような犬がぼくののどをねらってとびかかってきて、ぼくを押し倒した。ランプの火が消えた。ヒースクリフとヘアトンの高笑いが聞こえ、ぼくの怒りと屈辱感は頂点に達した。

幸いにして、犬にはぼくを生きたままむさぼり食うつもりはないらしく、前足を伸ばしてあくびをし、さかんに尾を振っている。ただ、おさえつけたままで起き上がらせてはくれないので、意地の悪い飼い主たちが救い出してくれるまで、そのまま地面にころがっているほかはなかった。ようやく起き上がると、帽子がなくなっているのもかまわず、ぼくは怒りに身を震わせながら、はっきり言ってやった。なんてひどいやつらだ、ぼくを外へ出してくれ、一分でもひきとめてみろ、ただじゃすまないからな――支離滅裂なおどし文句だったが、そこにこもった恨みの深さは、リア王を思わせるほどだった。

激しい興奮のためにおびただしい鼻血が出たが、ヒースクリフは笑い続けている。ぼくものの しるのをやめなかった。ぼくより冷静でヒースクリフより親切な人物が登場しなかったとしたら、この場の結末はいったいどうなっていたか、想像もできない。現れたのは、あのがっしりした体格の家政婦、ジラである。なんの騒ぎかとようやく出てきてくれたのだ。誰かがぼくに乱暴したと思ったらしく、主人であるヒースクリフを責めるわけにもいかないので、ヘアトンに矛先《ほこさき》を向けた。

「まあ、アーンショーさん、いったい何をなさるんです。うちの玄関先で人殺しをするおつもり？　やっぱりここのお屋敷はあたしに合いませんよ。この人、お気の毒に、息がつまりそうになってるじゃありませんか。さあ、さあ、あなたも静かに。中へどうぞ。手当てをいたしますからね。ほうら、じっとして」

こう言いながら、家政婦は氷のように冷たい水をいきなりぼくの首すじに浴びせ、台所へ引っぱって行った。ヒースクリフもついて来たが、さっきの笑いはおさまり、いつもの陰気な顔に戻っている。

ぼくはとても気分が悪く、めまいがして、気が遠くなりそうだった。屋敷に泊めてもらうしかない。ヒースクリフは、ぼくにブランデーを飲ませるようにジラに命じると、奥の部屋へ入ってしまった。ジラはぼくに、今日は大変でしたね、と同情しながらブランデーを飲ませてくれた。そして、いくらか元気を取り戻したぼくを、寝室へ案内してくれた。

第三章

ジラはぼくを二階へ案内しながら、ろうそくの火を隠し、音をたてないようにと言った。ぼくを泊めようとしている部屋についてヒースクリフが何か考えをもっていて、誰も泊めたがらないからだとのことだった。

ぼくはわけを訊《たず》ねた。

ジラは知らないと言う。ここに来てからまだ一、二年にしかならないし、変わったことの多い屋敷なので、好奇心を起こしていたらきりがありませんよ、という返事だった。

ぼくも頭がぼうっとして好奇心どころではなかったので、ドアを閉めると、ベッドはどこかと部屋の中を見まわした。家具といえば椅子一つ、衣装戸棚一つ、それに大きな樫《かし》の箱が一つ置かれているだけだった。箱には上のほうに、馬車の窓のような四角い穴がいくつかあけられている。

近づいて中をのぞくと、その箱のようなものは風変わりな旧式の寝台だとわかった。

家族がめいめい個室をもたなくてすむように考えられた、便利なものだ。全体が小さな部屋になっていて、窓の内側の棚がテーブルとして使える。

ぼくは引き戸をあけ、ろうそくを持って中に入ると戸を閉めた。ヒースクリフや他の誰かが見張っていようと、ここなら大丈夫という安心感に包まれた。

ろうそくを置いた棚の隅には、かびのはえた本が何冊か積まれていた。棚板そのものは、ペンキをひっかいて書きつけた文字でおおわれているのだが、文字をよく見ると、それは大小さまざまの書体で一つの名前を繰り返し書いてあるにすぎなかった。キャサリン・アーンショー——それがところどころでキャサリン・ヒースクリフとなったり、キャサリン・リントンとなったりしている。

物憂《ものう》い気分でぼんやりと窓に頭をもたせかけたまま、キャサリン・アーンショー、ヒースクリフ、リントン、とつづりを追っている間に目が閉じていた。だが、五分とたたぬうちに、白い文字がまるでおばけのように闇《やみ》からぎらぎらと浮かび上がり、まわりはキャサリンだらけになってしまった。目ざわりだ、追い散らしてやる、と思って目をさますと、ろうそくが古い本の一冊に倒れかかり、子牛革の焦げる匂いが立ちこめていた。

ぼくはろうそくの芯を切った。寒いし吐き気はするしで落ち着かず、起き上がると膝の上に焦げかかった本をひろげた。細い活字の聖書で、ひどくかびくさい。見返しに「キャサリン・アーンショー蔵書」と書かれている。日付は約二十五年前のものだ。

その本を閉じ、次から次へと手にとって、全部の本に目を通した。キャサリンの蔵書は選びぬかれたもので、いたみ具合を見ても、よく利用されていたことがわかる。もっともそれは、本来の目的のためだけではなかった。批評らしいペン書きの言葉がしるされていない章はほとんど一章もなく、ページの余白は文字で埋まっているのだ。

客観的な文章もあれば、子供っぽい筆跡で書きつけられた、普通の日記体の文章もあった。印刷のない白いページを発見した時にはさぞかし喜んだことだろう。そんな白いページの上のほうに、わが友ジョウゼフのみごとな似顔絵が描かれているのがとりわけ愉快だった。絵は荒いタッチだが力強い。

見知らぬキャサリンへの興味が胸にわき上がり、ぼくはすぐにその色あせ、判読しにくい文字の解読にとりかかった。

「ひどい日曜日！」似顔絵の下の一節はそう始まっていた。「お父さまが生き返って下さるといいのに。ヒンドリーがお父さまの代わりだなんて、あんまりだわ。ヒースクリフへの仕打ちがひどすぎる。Hとわたしは反抗するつもり。今夜がその第一歩だった。

今日は一日じゅう雨に降りこめられて、教会へ行かれなかった。だからジョウゼフは、わたしたちを屋根裏部屋に集めて礼拝をすると言って聞かない。兄さん夫婦が下の暖炉の前で、誓ってもいいけど絶対聖書なんか開きもせずに、ぬくぬくしていられる時に。ヒースクリフ、わたし、それにかわいそうな野良《のら》働きの若者、この三人は祈禱書《きとうしょ》を持って上へ上がるように言われた。小麦袋の上に並んですわらされて、震える寒さでうめくばかり――どうかジョウゼフも震え上がってお説教を短くしてくれますように、と祈ったけれど、だめだった！ 礼拝はちょうど三時間かかったんだから。それなのに兄さんたら、わたしたちが下りてきたのを見て、『なんだ、もう終ったのか？』なんて、まったくよく言えたものよね。

前は日曜の晩でも、あまりうるさくしなければ遊んでもいいことになっていたのに、今ではしのび笑い一つで隅へ追いやられてしまう。

『この家にはちゃんと主《あるじ》がいるのを、おまえたちは忘れているな』暴君の兄さんはそう言う。『おれを怒らせるやつはたたきのめすぞ。いいか、おとなしく、静かにしているんだ。おっと、ヒースクリフ、今のはおまえだな。よし、フランシス、こっちへ来る時、やつの髪の毛をひっぱってくれないか。おれを馬鹿にして指をはじく音が聞こえたんだ』

フランシスはヒースクリフの髪を力いっぱいひっぱると、夫のところへ行って膝にすわった。それからの二人ときたら、赤ちゃんみたいにキスしたり、長々とおしゃべりしたり――まったく、恥ずかしいくらいくだらないことをしゃべり続けていた。

わたしたちは食器棚の脚でできたアーチの奥に入って、できるだけ居心地《いごこち》の良い場所を作ろうとしていた。エプロンを結び合わせてカーテンみたいにさげたところへ、ジョウゼフが何かの用事で馬屋からやってきた。作ったばかりのカーテンをいきなりむしりとって、平手でわたしをぶち、陰気な声でこんなことを言うのだ。

『大旦那のお葬式がすんだばっかりで、今日は安息日、しかもさっき福音書を聞かせたところだっていうのに、もうふざけておるのか。恥知らずめ！　ちゃんとすわるんじゃ。悪い子供らめ！　読む気になれば、良い本はいくらでもある。さあ、すわって、魂のことを考えるんじゃよ』

ジョウゼフは小言を言いながらわたしたちを食器棚の下からひきずり出し、遠くの暖炉のほのかな光で字が読める位置にすわらせると、つまらない本を押しつけた。

わたしは我慢できず、そのいまいましい本の背表紙をつかんで、『いい本なんて大嫌い』と言いながら犬の寝場所に投げつけた。ヒースクリフも、手にあった本を同じところに蹴り込んだ。

そこで大騒ぎになった。

『ヒンドリーの旦那！』うちの牧師役のジョウゼフが叫ぶ。『旦那さま、ここへ来て下さいまし！　キャシー嬢さまは、「救いの兜《かぶと》」の背を破くし、ヒースクリフは「ほろびへの広き道」の第一巻を蹴とばすし！　こんなまねをさせておくなんて、恐ろしいことですじゃ。ああ、大旦那さまならきっちりこらしめて下さったろうに、もうこの世にはいらっしゃらんしよ』

炉辺の天国から駆けつけたヒンドリーは、わたしたちの一人の襟首と、もう一人の腕をつかんで、二人一緒に裏の台所に放り込んだ。『きっと悪魔のニックがさらいに来るぞ』というジョウゼフのお言葉をいただいて、わたしたちは別々の隅でそれを待つことになったわけ。

わたしは棚からインク壺とこの本をとって、光が入るように居間へのドアを少し押しあけ、二十分くらいかかってこれを書いた。でもヒースクリフはじっとしていられなくなったらしく、乳しぼり女のマントを持ち出してかぶって、荒野を駆けまわろうよ、と言う。愉快な思いつき。仏頂面《ぶっちょうづら》のジョウゼフがもしここへ来たら、自分の予言が当ったと思うかもしれない。雨の戸外で濡《ぬ》れて寒くても、ここにいるよりひどくなるわけじゃないんだから」

キャサリンは計画を実行にうつしたようだ。次の文章から話が変わり、悲しげな調子が見られる。

「ヒンドリーのせいでこんなに泣くことになるなんて！　頭が痛くて枕にのせていられないほどなのに、涙が止まらない。かわいそうなヒースクリフ！　ヒンドリーはヒースクリフを家なしのごろつきと呼び、もう家族と一緒にはすわらせないし、食事も一緒にさせない、妹と遊ぶのも許さん、もし言いつけを守らなければ、あいつを家から追い出してやる、と言う。

ヒースクリフを甘やかしすぎたからってお父さまのことまで悪く言っている――ヒンドリーったら、よくも言えたものだわ。そして、ヒースクリフが当然いるべき地位におれが引き戻してやる、とも言っている」

くすんだ本のページを広げたまま、ぼくはうとうとし始めた。手書きの文字から印刷の文字へと視線がさまよって行く。「七の七十倍と七十一倍めのはじめ――ギマーデン・スフ礼拝堂におけるジェイベス・ブランダラム牧師の説教」というタイトルが赤い飾り文字で記されているのが目に入った。もうろうとしつつある意識の中で、ジェイベス・ブランダラム牧師はこのテーマでどんな話をするのだろう、と考えているうちに、ぼくはベッドに倒れて眠り込んだ。

ああ、あの気まずいお茶とその後の短気のせいに決まっている――あんな恐ろしい一夜を過ごすはめになった原因は、それ以外に考えられないではないか。あんな思いをした記憶は、これまで一度もない。

自分がどこにいるのか、まだ意識に残っているうちから夢を見始めた。もう朝になっていて、ジョウゼフを道案内に家へ帰って行くところだった。何ヤードもの深さの雪の道を二人でもがくように進んで行く。その間じゅうジョウゼフは、巡礼の杖を持ってこなかったね、と繰り返し責め立てるのだ。なけりゃお屋敷には入れませんぜ、と言いながら、どうやら巡礼の杖のつもりらしい、上部のどっしりした棍棒《こんぼう》を得意そうに見せびらかす。

自分の屋敷に入るのになぜそんな杖がいるんだ、ばかばかしい、と思ったが、すぐに別の考えが頭に浮かんだ。家へ向かっているのではなく、あの有名なジェイベス・ブランダラムが聖書の句「七の七十倍」について説教するのを聞きに行く途中なのだ。そして、ジョウゼフ、ブランダラム牧師、ぼくの三人のうちの誰かが「七十一倍めのはじめ」の罪を犯したために、そのことを公表の上破門されることになっているのだ、と。

礼拝堂についた。散歩の時に二、三度そばを通ったことのある礼拝堂で、二つの丘にはさまれた窪地《くぼち》にある。近くの沼よりは少し高くなったところに位置し、沼の泥炭質の湿気の作用で、ここに葬られた遺体はまるで防腐処置をほどこしたようになっていると聞く。礼拝堂の屋根は今のところ大丈夫だが、牧師の年俸がたった二十ポンド、二部屋の仕切りがくずれてまもなく一部屋になろうとしている情けない住居――これでは、牧師のなり手が出るはずはない。しかも信徒たちは、牧師の手当てをふやすために自分のポケットから一ペニーでも出すくらいなら牧師に餓死してもらってけっこうと考える連中だ、といううわさが広まっているのだからなおさらである。しかしぼくの夢の中では、堂いっぱいの熱心な会衆がジェイベスの説教を聞きに集まっていた。そして説教は始まったが、いやもうその説教ときたら！　なにしろ四百九十部にわかれていて、その一部一部が普通の説教一回分はたっぷりある。しかも一つ一つ別の罪について語るのだ。それほどの数の罪をどこからさがしてきたのか、ぼくにはわからない。ジェイベスは「七の七十倍」の句を独自に解釈していて、話を聞いていると信徒はあらゆる機会にいろいろ異なる罪を犯さねばならない、と言われているように思えてくる。次々に出てくるのは、ぼくがこれまで想像したこともないような、奇妙な罪ばかりだ。

どうしようもなく退屈だった。何度となくもじもじと身体を動かし、あくびをし、居《い》眠《ねむ》りをしては我にかえる。身体をつねったり、つついたり、目をこすったりの繰り返しはもちろん、立ってはすわり、隣のジョウゼフをそっと突いて、話が終るようなことがあれば知らせてくれと頼んだりもした。

ぼくは結局、最後まで聞かされる運命だった。説教はようやく「七十一倍めのはじめ」の罪にたどりついた。まさにその瞬間だ。突然の思いつきで立ち上がると、ぼくは衝動的《しょうどうてき》に、ジェイベス・ブランダラムこそキリスト教徒として決して許されない罪を犯した罪人だと非難し始めた。

「さっきからぼくはこの礼拝堂にすわって、四百九十部に及ぶ説教を続けて聞かされるのに耐えてきました。七回の七十倍、ぼくは帽子をつかんで立ち去ろうとしましたが、あなたは理不尽にも七回の七十倍、ぼくを再び席につかせた。四百九十一回めとはあんまりです。さあ、ぼくと同じ苦しみを味わった皆さん、あの人をやっつけましょう。ひきずりおろして徹底的に打ちのめすんだ。元の住処《すみか》に戻ってもお前など知らぬと拒まれるほどに」

ジェイベスは少しの間もったいぶって沈黙を守ってから、聖書の台から乗り出すようにして叫んだ。「そなたこそ許し難い罪人なり！　そなたは七回の七十倍、あくびに顔をゆがめた。わたしは七回の七十倍、我が心に助言を求めた。見よ、これも人間の弱さなり、許されんことを！　しかし、七十一倍めのはじめが来たのだ。兄弟たちよ、定められた裁きを今あの者に！　これは主のいつくしみに生きる人の光栄である」

これを聞くと、集まった人々は巡礼の杖を振りかざしていっせいにぼくのほうに押し寄せてきた。ぼくには身を守る武器が何もない。すぐそばで一番激しく攻撃してくるのがジョウゼフだったので、その棍棒をこちらに奪おうと、ぼくはジョウゼフとっくみ合いを始めた。大勢入り乱れて棍棒が交差し、ぼくをねらった棒が他の者の頭に当るありさま、まもなく礼拝堂は、たたいたりたたき返したりする音で騒然となった。誰もがそばの者に打ちかかっている。ブランダラムも遅れをとるまいというつもりか、説教壇の板を力いっぱいたたき始めた。その音のものすごさで、ぼくは目をさましてほっと息をついた。

あのすさまじい騒ぎを夢に見る原因になったのは、そして騒ぎの中でジェイベスの役を果たしたのは何だったのだろう？　それは、風が吹きつけるたびに一本の樅《もみ》の木の枝が窓の格子に触れ、乾いた実が窓ガラスにあたってかたかたと音を立てているだけのことだった。

ぼくはこわごわと耳をすませてみたが、物音の原因は他にないと判断して寝返りを打ち、うとうととまた夢を見始めた。さっきの夢こそ最悪と言えるのに、それにも増していやな夢だった。

今度は自分が樫《かし》の小部屋の寝台に横になっていることを意識していたし、吹きすさぶ風や吹きつける雪の音も聞こえていた。樅の木の枝のたてる物音もあいかわらず続いていて、実がガラスに当っているのだとちゃんとわかってもいたのだ。だがあまりにうるさいので、できれば音を止めようと思った。それで起き上がって開き窓の掛け金をはずそうとしたようだ。けれども、掛け金は受け金にはんだ付けになっていた。寝る前に見てわかっていたのに忘れていた。

「それでもあの音は絶対に止めてやる」ぼくはそうつぶやいて、拳《こぶし》でガラスを突き破り、うるさい枝をつかもうと腕をのばした。ところが、つかんだのは枝ではなく、氷のように冷たい小さな手の指だった！

悪夢の恐怖に襲われて腕を引っ込めようとするが、小さな手がしがみついてはなれない。そして、なんとも悲しそうな、すすり泣きの声がする。

「わたしを入れて。入れてちょうだい」

「お前は誰だ？」ぼくはその手をふりほどこうと苦心しながら訊ねた。

「キャサリン・リントン」震える声が答えた。（アーンショーという名をリントンよりずっと多く見たはずなのに、なぜぼくはリントンのほうを思いついたのだろうか？）

「帰ってきたの。荒野で道に迷っていたのよ」

同時に、窓からのぞきこむ子供の顔がぼんやりと見えた。恐ろしさでぼくは残酷になった。ふりほどこうとしても無駄だと悟ると、子供の手首が割れたガラスに当るように引き寄せてから、ぐいぐいと押しつけてやった。血が流れ、寝具が血に染まった。しかし、子供は「入れてちょうだい！」と泣き続け、ぼくの手をしっかり握ったまま、はなさない。ぼくはこわくて気が狂いそうだった。

「そんなこと無理じゃないか。入れてほしいのなら、ぼくの手を放せよ」

そう言うと向こうの手がゆるんだので、ぼくは急いで手を引っ込め、あわただしく本を積み上げて、ガラスの割れてできた穴をふさいだ。そして、あの悲痛な訴えが聞こえないように両耳をおさえた。

十五分以上そうしていたと思う。ところがそっと手を放してみると、そのとたんに悲しげなうめき声が耳に入るのだ。

「消えうせろ！　入れてなんかやらないぞ、たとえ二十年頼み続けたって」ぼくは叫んだ。

「二十年よ」声は悲しそうに言った。「二十年――わたし、さまよい続けて二十年になるの！」

外で弱々しくひっかく音がし始め、積み上げた本が、まるで押されたようにこちらに動いた。

ぼくはとび起きようとしたが、手も足もまったく動かせなかった。恐怖で我を忘れて叫び声をあげた。

困ったことに、夢の中ではなく現実の叫び声をあげていたのである。誰かが急いで部屋に近づく足音がして、力強い手でドアが開かれた。寝台の上の四角い穴に光がちらちらする。ぼくは上体を起こし、まだ震えながら額の汗をぬぐった。入ってきた男はためらう様子で、小声で独《ひと》り言《ごと》を言っている。

ついに男は、返事を期待していないことが明らかな調子で、ささやくように言った。

「誰かいるのか?」

ぼくは自分がいることを知らせたほうがいいと判断した。あの声はヒースクリフだし、何も言わないでいたらずっと奥まで調べにこないとも限らないぞ、と思ったからだ。

そこでぼくは、身体の向きを変えて引き戸をあけた。その結果目にした光景は、すぐには忘れられそうもない。

ヒースクリフはシャツとズボン姿で戸口のそばに立っていた。ろうそくのろうが指にしたたっている。顔は背後の壁と同じくらい青白い。樫の戸が最初にきしんだ時、ヒースクリフはぎくりととび上がり、手のろうそくが何フィートか先までとぶほどだったが、動揺がひどくて拾い上げることもできない有様だった。

「泊めていただいたぼくですよ」相手が臆病ぶりをこれ以上さらして恥をかくのは気の毒だという思いで、ぼくは呼びかけた。「恐ろしい夢を見ていて、思わず大きな声を出してしまいました。お騒がせして申しわけありません」

「ちくしょう、ロックウッドさんでしたか。あなたなんか、もうとっとと悪魔に……」

ヒースクリフはそう言いかけて、ろうそくを椅子の上に置いた。しっかり持っていられなかったからだ。

「それで、誰がこの部屋にご案内したんです?」ヒースクリフは爪がくいこむほど強く拳をにぎりしめ、あごがぴりぴり震えるのをおさえるために歯ぎしりをしていた。

「いったい誰です? そいつを今すぐ家からたたき出してやる」

「女中のジラですよ」ぼくは床にとびおり、すばやく衣服を身につけながら答えた。

「たたき出すとおっしゃるならどうぞ、ヒースクリフさん。ジラには当然の報《むく》いです。ここに幽霊が出没するという証拠を一つふやしたくてぼくを利用したんだろうから。いや、その通り、ここは幽霊や化け物でいっぱいだ! 確かにこの部屋を閉めきっておかれるのももっともですね。こんなお化けの巣に泊めてもらって喜ぶ人なんか、いるもんですか!」

「どういうことです?」ヒースクリフは聞いた。「それにどうしました、着替えなど始めて。横になって朝まで休んで下さい。もうここに泊まってしまったんですからな。だが、お願いだからさっきのようなものすごい声は二度と出さんで下さいよ。のどをかき切られるかというほどの時ならともかくとしても」

「あのおそろしい子供が窓から入ってきていたら、ぼくはしめ殺されていたでしょうよ。お宅のご先祖のありがたいおもてなしは、もうけっこうです。ジェイベス・ブランダラム牧師というのは、母方のご親戚だったんですか？　それからキャサリン・リントンだかアーンショーだか知りませんが、あのおてんば娘——悪魔の置きみやげに違いない、実に悪い子供ですよ。二十年も地上をさまよっていると言っていましたが、当然の罰でしょう。許しがたい罪を犯したに決まってるんだ！」

そう口に出した途端に、ぼくはあの本に書かれていたヒースクリフとキャサリンの関係を思い出した。それまですっかり忘れていたのだ。自分の軽率さに気づいて顔が赤くなったが、それ以上のこだわりは見せずに急いで続けた。

「実を申しますとね、寝つく前にぼくは……」そこまで言いかけて、また言葉につまった。「あそこにある古い本を読んでいたんです」と言うつもりだったのだが、それでは活字で記された内容だけでなく、書き込みも読んだことがばれてしまう。そこで考え直して次のように言った。

「窓の棚板に書きつけられた名前を一つ一つ読んでいたんです。寝つくためには単調なことをしろってよく言いますよね。たとえば数を数えるとか」

「このわたしに向かってそんな口をきくとは、いったいどういうつもりなんだね」ヒースクリフはいきなり乱暴な口調でどなった。「よくもまあ、わたしの家でそんなことを！　どうかしているよ、まったく！」怒りのあまり自分の額をたたいて言う。

それに対して抗議すべきか、それとも事情の説明を続けるべきか、ぼくは決めかねていた。しかし、相手がひどく動転している様子なので気の毒になり、夢の話を続けることにした。キャサリン・リントンという名前を一度も聞いたことがないのは確かですが、何度も読んだせいで人の姿をとって夢に現れたんでしょう、眠っている間は想像力が勝手に働くものですからね、とぼくは言った。

その間にヒースクリフは、寝台の向こうへと少しずつ後《あと》ずさりしていたが、ついには腰をおろしたので姿が見えなくなってしまった。けれども、激しい興奮を必死でおさえようとしている様子は、乱れがちの苦しそうな息づかいからも察せられた。

葛藤《かっとう》に気づいたことを知られたくなかったので、ぼくはわざと音を立てて身支度《みじたく》を続け、時計を見て、ずいぶん夜が長いな、と独り言を言った。

「まだ三時にもなっていないとは！　てっきり六時ぐらいだと思ったのに。時のたつのがやけにのろいですねえ、ここは。みんな、床についたのは八時頃だったと思いますが」

「冬はいつも九時に寝て、起きるのは四時ですよ」ヒースクリフはうめき声をおさえながら言った。腕の影の動きから見ると、涙をぬぐっているらしい。

「ロックウッドさん、わたしの部屋へ来てもかまいません。こんなに早くから下へおりても、邪魔になるだけだ。あなたのおとなげのない悲鳴で、こっちは眠気がすっかりさめてしまいましたしね」

「ぼくだってそうですよ。夜が明けるまで裏庭を歩いて、それから帰ります。二度とお邪魔しませんのでご安心下さい。今後は田舎でも町でも、とにかく人づきあいに喜びを求めるなどというまねはしないつもりです。分別のある人間なら、自分自身という友とのつきあいに満足すべきなんですね」

「それが一番だ」ヒースクリフは低い声でつぶやいた。「ろうそくを持って、好きなところへ行きなさい。わたしもすぐに行く。しかし、裏庭はやめたほうがいいですな。犬が放してあるから。それに、居間もジュノーが番をしているのでまずい。そう、結局うろつくといっても階段と廊下ぐらいしかありませんが、ともかくここから出て下さい。すぐ行きます」

そこでぼくは、言われたとおり部屋を出た。しかし、狭い廊下がどこへ通じているのかわからないのでそこに立っているうちに、ヒースクリフの意外な一面をはからずも目撃することになった。分別のある人らしい外見にそぐわない、迷信的な一面である。

ヒースクリフは寝台に上がると窓の格子《こうし》をこじあけて開きながら、もはや激情をおさえきれずに泣き出した。

「おいで！ 入っておいで！ ああ、キャシー、お願いだ、来ておくれ、昔のように！ 愛しているんだ。今度だけ願いを聞いてほしい。キャサリン、今、やっと……」

しかし、亡霊はいつも気まぐれなもので、まったく姿を見せない。かわりに雪と風が激しく渦巻いて吹き込んで、ぼくの立つ場所まで届き、ろうそくを消してしまった。

うわごとのようなことを口走って嘆き悲しむヒースクリフの様子があまりに痛々しいので、愚かしさを責める気になれず、同情しながらぼくはその場を去った。聞かなければよかったものを、と自分に腹を立て、ばかばかしい夢の話など聞かせてしまって、と心穏やかではなかった。なぜか理由はわからぬにせよ、あの苦悶《くもん》をひきおこした原因は夢の話だったからだ。

用心しながら階段を下りて行くと裏の台所に出た。炉の灰に埋めてあった小さな火でろうそくに火をつけることができた。

一匹の灰色のぶちの猫が炉のあたりからそっと出てきて、不満そうに一声鳴いたが、他に起きている者はいない。

半円形のベンチが二つ、ちょうど炉を囲むように置かれている。その一つにぼくが寝て、もう一つにばあさん猫がのった。そうしてしばらくは誰にも邪魔されず、ぼくも猫もうとうとしていたらしい。やがてジョウゼフが木のはしごをのろのろと下りてきた。はしごが天井のはね上げ戸の穴から下がっているところを見ると、そこが屋根裏部屋への入口のようだった。

ジョウゼフは、火格子の間でちらちらするようにぼくがかき立てておいた火を、意地悪そうな目つきで一瞥《いちべつ》してから、ベンチの猫を追い払ってそこにすわった。そして三インチほどのパイプにたばこをつめ始めたが、私室とも言うべき聖域にぼくが侵入しているのは、口にするのもいやなほどの無作法《ぶさほう》と見なしているらしく、黙ったままパイプをくわえて腕を組み、たばこを吹かし続けている。

せっかくの楽しみをぼくも邪魔しなかった。ジョウゼフは最後の煙を吹かし終えると大きく一度ため息をつき、さっきと同じようにまじめくさった顔で去って行った。次に聞こえたのはもっと軽快な足音だった。ぼくは「おはよう」と言いかけた口をそのまま閉じてしまった。入って来たのはヘアトン・アーンショーで、雪かきのシャベルか鋤《すき》をさがして隅をかきまわしながら、手に触れるもの一つ一つに向かって、朝の祈りならぬののしりの言葉を小声で連発していたからだ。ベンチの背越しにこちらを見て鼻《び》孔《こう》をふくらませたが、猫はもちろん、ぼくにも挨拶するつもりはなさそうだった。ヘアトンの身支度から見て、こちらももう外へ出ていい頃合《ころあい》と判断し、ぼくは固いベンチを離れてついて行こうとした。するとヘアトンはこれに気づき、奥へ続くドアを鋤の先で示した。聞きとりにくい言葉だが、場所を変えるのならそちらへ行けと言っているようだ。

ドアの先は居間で、女たちがもう起きていた。ジラは大きなふいごで火の粉を煙突へ吹き上げているところだし、ヒースクリフ夫人は炉辺に膝をついて、炎の光を頼りに本を読んでいる。

夫人は暖炉の熱をさえぎるために目の近くに片手をかざし、本に夢中になっているように思われた。読書を中断するのは、火の粉がかかるじゃないの、とジラを叱《しか》る時、あるいは顔のほうへあまりに近々と身を乗り出して鼻をすりつけてくる犬を押しのける時くらいだった。

　ヒースクリフも部屋にいるのを見て、ぼくは驚いた。こちらに背を向けて暖炉のそばに立っている。ちょうどジラを手厳しく叱り終えたところらしく、かわいそうにジラは時々手を止めてエプロンの端で涙をふき、憤慨のうめき声を上げていた。

　ぼくが入って行った時、ヒースクリフは息子の嫁に攻撃を転じるところだった。「おまえもだぞ、この役立たずの――」ここで使った侮蔑《ぶべつ》の言葉は、あひるや羊という類の、罪のない呼び名かもしれないが、普通は伏字にされるものなので、こうしておこう。

「またそうやって、くだらんことをしているんだな！　家の者は皆、生きるために働いているというのに、おまえはおれのお慈悲で生かしてもらってるんだ。がらくた本なんか片付けて仕事をさがせ。まったく目ざわりなやつだ。迷惑をかけた償《つぐな》いは必ずさせてやる。わかったか、このあま」

「本は片付けるわ。いやだと言ったって、どうせ取り上げられるんだから」夫人はそう答えて本を閉じ、椅子の上に投げた。「でもね、わたしは自分のしたいと思うこと以外、絶対に何もしませんからね。舌がちぎれるほどわめいたって無駄よ」

ヒースクリフが手を上げると、夫人は安全な距離にさっと飛びのいた。威力をよく知っている動きだ。

日常茶飯事《にちじょうさはんじ》になっているらしい喧嘩《けんか》ぶりをここで見せてほしくもないので、ぼくは足早に前に進み出た。それまでのいきさつは何も知らず、ただ暖炉で暖まりたいというだけのふうを装ってだ。二人ともそれ以上争うのを控えるだけの礼儀はわきまえていた。ヒースクリフは振り上げたくなる両手の拳をポケットにおさめ、ヒースクリフ夫人は唇をゆがめて遠くにある椅子まで行ってすわった。そしてさっきの言葉どおり、ぼくがいる間じゅう彫像のようにじっと動かなかった。

ぼくは長くいたわけではない。朝食を一緒にとすすめられたが丁重《ていちょう》に辞退し、朝日と同時に脱出した。空は晴れて風もやみ、空気は見えない氷でできているかのように冷たかった。

庭のはずれまで行かないうちに、ヒースクリフの声で呼び止められた。一緒に行って荒野を越えるまで案内をしてくれるという。これはありがたいことだった。というのも、丘全体が大きくうねる白一色の海となっていたからだ。そのうねりは地形の高低と一致していているわけではない。多くの窪みが雪に埋まって平らになっているのは確かだし、石切り場の跡の土手なども、昨日の記憶をもとにして考えても、どこに位置するのか見当がつかない。

確か道の片側には、荒野の端に至るまでずっと六、七ヤードの間隔で石が立てられていたはず――暗くても目印になるように石灰で白く塗って垂直に立て、今日のように雪がふった時には、安心して歩ける道と両脇の沼地とを区別できるようにしたものだ。ところが今見ると、点のような汚いものがいくつか点在するだけで、それらしいものなどすっかり消えうせている。そのため、ぼくが道のとおりに正しく歩いているつもりでも、もっと右へとか左へとかのヒースクリフの指示がしばしば必要だった。

ほとんど話をせずにスラッシュクロス屋敷の地所の入口まで来ると、ヒースクリフは立ち止まって、ここまで来ればもう迷うはずはないでしょうと言った。お互いにあわただしく会釈《えしゃく》して別れの挨拶をすませると、ぼくは独力で先へ進んだ。門番の小屋はあるが、まだ人を頼んでいなくて無人なのだ。

屋敷まで二マイルだが、木立の中で迷ったり、首まで雪に埋まったりして四マイルは歩いたに違いない。この苦労は経験した者でなければとてもわからないだろう。とにかく、さんざん歩きまわって屋敷に入った時、時計は十二時を打った。嵐が丘から普通に来たとして、一マイルにちょうど一時間かかった計算になる。

家政婦とその下で働く召使いたちが出迎えに飛び出してきた。ぼくのことはあきらめていたと口々に言い立てる。昨夜の吹雪で倒れたに違いないと誰もが思い、遺体の捜索をどうしたものかと考えていたらしい。

こうして帰って来たのだからもう騒がないでくれと命じて、すっかり凍えた身体を引きずるようにして二階へ上がった。乾いた服に着替え、体温を取り戻すために部屋の中を三、四十分歩きまわってから書斎に移る。それでも力の出ないこと、まるで子猫のように頼りない感じだ。気持ちよく燃える火、元気をつけようと召使いがいれてくれた、湯気の立つコーヒー――それさえ楽しめないほどの弱り方だった。

第四章

人間は実に気の変わりやすい風見鶏《かざみどり》だ！　人づきあいとは縁を切ろうと決心し、交際などほとんど不可能な環境に置かれた運命に感謝していたはずのぼくが、まったく腑甲斐《ふがい》ないことに、憂鬱《ゆううつ》と孤独に抵抗できたのも黄昏時《たそがれどき》までで、結局は降参する始末である。夕食を運んできてくれたディーンさんに、食事の間すわっていてくれるように頼んだ。家政について聞いておきたいことがあるというのは口実にすぎなかった。おしゃべり好きであってくれれば、話を聞いて元気が出るか、あるいは子守歌がわりにして寝つけるだろうと期待したのだ。

「ここへ来てだいぶたつんでしたね。十六年と言いましたっけ？」とぼくは切り出した。

「十八年でございますよ。奥さまのご結婚の時にお供して参りまして、亡くなった後も旦那さまのために家政婦としてつとめるようにとおっしゃっていただきまして」

「なるほど」

話がとぎれた。どうやらあまりおしゃべりなほうではないらしいな、自分のことなら話すかもしれないが、それではこちらが興味をもてないし、とぼくは思った。

しかし、握った手を左右の膝に置いて、血色のよい顔でしばらく物思いにふけっていたディーンさんは、急にこう言い出した。

「あれから時代もずいぶん変わったものです」

「ああ、いろいろな変化を見てきたでしょうね、きっと」

「はい、難儀も見て参りました」

この返事を聞いてぼくは思った——よし、家主一家に話をもっていくとしよう。ここをきっかけにすれば具合がいい。それにあの、若いきれいな未亡人の生い立ちも知りたい。あの人はこの土地の生まれなのだろうか。いや、むしろこのへんの無愛想な土地の者が仲間と見なさないよそ者だろう。

そこでぼくは自分の意図に添って、ヒースクリフはなぜスラッシュクロスを人に貸し、立地の場所も建物としても劣る嵐が丘に住んでいるのだろう、とディーンさんに聞いた。

「地所をちゃんと管理できるだけの金がないのかな」

「とんでもない！　お金なら山ほどあって、それも毎年増えているんでございます。ですからね、ここより立派なお屋敷にだって住むことができるわけなんですけれど、とてもつましい、と言うかけちな人で、たとえこちらのお屋敷に住むつもりになったとしても、いい借り手がつきそうだとなれば、また何百ポンドか手に入れる機会をふいにするなど、とても考えられません。誰の面倒を見るでもない独《ひと》り身《み》で、どうしてあんなに欲張りなのかと不思議なくらいでございますよ」

「息子がいたようだね」

「はい、一人いましたが、亡くなりました」

「あのヒースクリフ夫人という若い人がその未亡人にあたるわけだね？」

「はい」

「もともとはどこの人？」

「まあ、どこも何も、亡くなられたここの旦那様のお嬢さまでございますよ。ご結婚前はキャサリン・リントンとおっしゃって、わたしがお育てしましたのに、お気の毒に！　ヒースクリフさんがこちらへ移ってきて下さればまたご一緒に暮せると、それを祈っておりましたが」

「キャサリン・リントンだって？」ぼくは驚いて大きな声を出したが、昨夜現れた幽霊のキャサリンではないのだとすぐに心を落ち着けた。「じゃ、この屋敷の主はリントンという名前だったんだね？」

「そうでございます」

「とすると、あのアーンショー――ヒースクリフさんのところにいるヘアトン・アーンショーは親戚かな？」

「いいえ、亡くなったリントン夫人の甥《おい》にあたります」

「それなら、あの若いヒースクリフ夫人のいとこになるわけ？」

「はい。それに、亡くしたご主人ともいとこどうしで結婚なさったんですよ。つまりご主人は父方のいとこ、ヘアトンは母方のいとこになります。ヒースクリフはリントンの旦那さまの妹さんと結婚しましたので」

「嵐が丘の正面玄関にアーンショーと彫ってあるね。古い家柄なのかな」

「それはもう旧家で、ヘアトンがそこに連なる最後の末裔《まつえい》、同じようにキャシーお嬢さまがうちの、いえ、リントン家最後の末裔でございます。では嵐が丘へ行っていらしたんですか？　失礼なお訊ねなどしてお許し下さいませ。ただ、お嬢さまはいかがかと存じまして」

「ヒースクリフ夫人だね？　とても元気そうに見えたし、きれいだった。でも、あまり幸せそうじゃなかったよ」

「ええ、そうでしょうともねえ！　それでヒースクリフさんのことはどう思われましたか？」

「どうも荒っぽい人だね、ディーンさん。あれが性格なのかな」

「鋸《のこぎり》の刃みたいに荒くて、臼《うす》の石みたいに厳しい人です。なるべくかかわらないほうがよろしゅうございますよ」

「あれほどがさつな人間になったのは、人生の浮き沈みを身をもって知ったからに違いない。身の上について知っていることがあるかい？」

「よその巣に入り込むカッコウみたいな男でしてね。よく存じております。ただ、どこでどんな親から生まれたのか、最初のお金をどうやって手に入れたのか、そこだけはわかりません。とにかくヘアトンは、イワヒバリのひなみたいに自分の巣から追い出されてしまって、かわいそうにそれに気づきもしないんですよ。教区じゅう誰だって知っていることですのに」

「それでは、ディーンさん、一つお願いしたいんだが、隣の屋敷の人たちの話を少し聞かせてくれませんか。ベッドに入っても眠れそうもないんでね。そこにすわって一時間ばかり話をして下さいよ」

「承知いたしました。ちょっと縫い物をとって参りまして、あとはお好きなだけお話しさせていただきましょう。でも、お風邪《かぜ》を召したんじゃありませんか？　さっき震えていらっしゃいましたよ。お粥《かゆ》を召し上がって、風邪など追い出していただかないと」

有能な家政婦のディーンさんは急いで出て行き、ぼくは火の近くに身をかがめた。頭だけ熱くて身体は冷えている。その上、脳から神経まで妙に興奮していて、不快感よりもむしろ恐怖を感じていた。昨日と今日の出来事から生じるかもしれない重大な結果に対する恐怖——それは今もまだ感じているものだ。

まもなくディーンさんが、湯気の立つ鉢と縫い物の入った籠《かご》を持って戻ってきた。そして鉢を暖炉の炉格子《ろごうし》脇の台にのせてから椅子を引き寄せた。ぼくのほうから打ちとけた様子を見せたのを喜んでいるようだった。

このお屋敷に参りますまで、わたしはほとんど嵐が丘におりました。（ぼくから催促するまでもなく、ディーンさんはそう話し始めた。）母がヘアトンの父親にあたるヒンドリー・アーンショーさんの乳母をしていたからです。わたしは子供たちの相手をして遊んだり、お使いをしたり、干草作りを手伝ったり、農園のあたりにいつもいて、言いつけられれば何でもする習慣になっていました。

ある晴れた夏の朝、あれは収穫の始まったばかりの頃だったと思います。大旦那のアーンショーさまが旅支度で二階からおりていらして、ジョウゼフにその日の仕事について指図《さしず》を与えてから、お子たちのヒンドリーとキャシー、それにわたしのほうをご覧になりました。わたしもちょうどその時、一緒にお粥をいただいていたところだったんです。旦那さまはヒンドリーにおっしゃいました。

「さて、坊や、お父さんはこれからリヴァプールまで行くよ。おみやげは何がいい？好きなものを言ってごらん。だが、小さいものにしておくれ。行きも帰りも歩くんだからな。片道六十マイルはかなりの距離だよ」

ヒンドリーはヴァイオリンがいいと答えました。次はキャシーさんにお訊ねです。キャシーさんはまだ六つにもならないのに馬屋の馬にはどれでも乗れるほどで、おみやげには鞭《むち》がほしいと言いました。

旦那さまは、時には厳しいことがあってもお優しい方《かた》でしたので、わたしもお忘れにならず、お前にはりんごと梨をポケット一杯持って来てあげるよ、と約束して下さいました。そしてヒンドリーとキャシーにお別れのキスをして出発なさいました。幼いキャシーさんは、

わたしたちには三日間のお留守はとても長く感じられました。お父さまのお帰りはいつなの、と何度も訊ねるほどでした。三日目の夕方になり、お夕食までにはお帰りになるだろうと思われた奥さまは、もう一時間、もう一時間とお食事をのばしていらっしゃいましたが、お帰りになりません。とうとう子供たちも門まで走って見に行くのにあきてしまいました。外は暗くなり、奥さまが寝かせようとなさっても、子供たちは起きて待っていたいと必死にお願いいたします。十一時頃になって、ドアの掛け金がそっと上がり、旦那さまが入っていらっしゃいました。安楽椅子にどっかりと腰をおろし、笑ったりうなったりなさって、みんなそばに寄ってこないでおくれ、くたびれはてたよ、王国を三つやると言われたって、こんな旅は二度としないぞ、とおっしゃいました。

「挙句《あげく》のはてに大変な目にあってな」旦那さまはそれまで両腕にかかえていらした厚

い外套《がいとう》を開かれました。「これをご覧よ、お前。こんなに参ったことは初めてだ。しかし、これも神様の贈り物と思わねばならん。まるで悪魔がよこしたみたいに色が黒いがな」

わたしたちは一度にまわりを囲みました。キャシーさんの頭越しに見えたのは、ぼろをまとった汚らしい、黒い髪の子供でした。歩いたり話したりできる年齢にはなっているようで、むしろ顔つきなどキャサリンより年上に見えますのに、立たせてもまわりを見まわして、誰にもわけのわからない言葉を繰り返すばかり——わたしはこわくなりました。奥さまはすっかり怒ってしまわれて、その子をすぐにも外へ放り出しそうな勢いです。うちには育てなくてはいけない子供が二人もいるのに、どうしてそんなジプシーみたいな子を連れてお帰りになるんでしょう、いったいその子をどうなさるおつもりなの、お気は確かですか？

旦那さまは事情を説明しようとなさるのですが、とにかく疲れきっていらっしゃる上に奥さまのお叱りもやみません。わたしにわかったのは、リヴァプールの街でその子が家もなくおなかをすかせ、ほとんど物も言えずにいるのを見かけたというお話——旦那さまは子供を抱え上げ、どこの子か訊ねてまわったものの知る人はなし、お金も時間も限られていることだし、もとのように見捨てて行く気にはなれない以上、ここで無駄な出費をするよりもいっそ連れて帰ったほうがいいとお決めになったそうです。

そんなわけで、ぶつぶつ言っていらした奥さまも結局気をしずめられ、旦那さまはわたしに、この子の身体を洗って清潔なものを着せ、子供たちのところに寝かせるようにおっしゃいました。

ヒンドリーとキャシーは事態がおさまるまでおとなしく様子を見ていましたが、それを見届けると、旦那さまのポケットに手を入れて約束のおみやげをさがし始めました。ヒンドリーは十四歳でしたが、外套《がいとう》に入ったまま粉々につぶれたヴァイオリンが出てくると大声で泣き出しました。キャシーのほうは、お父さまがよその子の世話にかまけて鞭をなくされたとわかったものですから、あんたのせいよ、とばかりにその子に歯をむいて見せ、つばを吐いて腹いせをしましたが、行儀が悪いぞ、と旦那さまに叱られ、たたかれてしまいました。

ベッドになんか絶対に入れてやらない、子供部屋に入れるのもいやだ、と二人が言いますし、わたしもまだ分別のない年頃でしたので、朝にはいなくなってくればいい、などと思って、その子を階段の踊り場に置き去りにしました。すると、偶然なのか、旦那さまの声を聞きつけてのことなのかはわかりませんが、その子は旦那さまのお部屋の前まではって行き、お部屋から出ようとなさった旦那さまに見つかってしまいました。なぜそんなところにいたのかと調べが始まりましたから、わたしも白状しないわけには参りません。臆病で不人情なことをした罰にお屋敷から追い出されてしまいました。

ヒースクリフが嵐が丘に初めて来た時の事情はこんなふうでございました。数日たってわたしが戻ってきますと――お屋敷を追い出されたと言っても、二度と戻るなという追放とは思っておりませんでしたから――その子は「ヒースクリフ」と命名されていました。幼くして亡くなった坊ちゃんの名前です。以来、その子の名前としても姓としてもこれが使われることになりました。

キャシーさんとヒースクリフはとても仲良くなっていましたが、ヒンドリーはヒースクリフを憎んでいましたし、本当を言うとわたしもでした。それでわたしたち二人は、ヒースクリフをいじめ、ひどい行《おこな》いをしたものです。わたしには自分のしていることの間違いに気づくだけの思慮分別がありませんでしたし、奥さまはヒースクリフが不当な扱いを受けているのを見ても、一言もかばっておやりになりませんでした。

ヒースクリフはむっつりした、我慢強い子のようで、ひどい仕打ちに慣らされてしまっていたのかもしれません。ヒンドリーになぐられてもまばたきもせず、一粒の涙もこぼしませんし、わたしがつねってもふっと息を吸って目を見開くだけなのです――誰のせいでもなく、うっかり痛い思いをしてしまった、というみたいに。

旦那さまはヒースクリフを「父のないあわれな子」と呼ばれ、ヒンドリーにいじめられて耐えているヒースクリフをご覧になるとたいそうお怒りになりました。ヒースクリフを不思議に気に入っていらして、言うことは全部信用なさいました。もっとも、大変無口なだけに、だいたい嘘はつかない子だったのです。キャシーよりずっとかわいがっていらしたほどでした。キャシーはいたずらで気まぐれなところがあってお気に召さなかったのでしょう。

こんなわけで、来た早々からヒースクリフは家庭内にわだかまりを発生させました。二年もせずに奥さまが亡くなった頃には、ヒンドリーは旦那さまを味方ではなく圧制者と見なし、ヒースクリフを父親の愛情と自分の特権を奪った略奪者と見なすようになっていました。自分の被《こうむ》った損害のことばかり考えては、いっそう恨《うら》みをつのらせるのです。

わたしもはじめヒンドリーに同情していましたが、ある時考えが変わりました。子供たちがはしかにかかり、その看病と家の用事を一手に引き受ける事態になった時期のことです。ヒースクリフは重症でしたが、病状が一番悪化した時、ずっとそばを離れないでくれとわたしに言うのです。わたしならよくしてくれると思ったのでしょうか。仕方なく面倒を見ているのだと見抜くだけの知恵はありませんでした。ですが、看病していてあんなにおとなしい子はおりませんよ、本当に。あとの二人とあんまり違うものですから、わたしも偏見をかなり正さずにはいられなくなったのです。キャシーとヒンドリーにはとても手を焼きましたが、あのヒースクリフときたら子羊のように辛抱強くて。もっとも、手がかからなかったのは柔順というより頑固な性格のためでございますけれどね。

ヒースクリフが危機を脱すると、わたしはお医者さまから、ほとんど君のお手柄だ、よくやってくれたね、とほめていただきました。わたしにすれば鼻高々で、ほめられるもとになってくれたヒースクリフへの態度も和《やわ》らぐ、というわけで、ヒンドリーはわたしという最後の味方を失ったのです。それでもわたしは、ヒースクリフを盲目的にかわいがる心境にはなれませんでした。あんなに目をかけていただいても、わたしの知る限り、それに感謝する様子を一度も見せたことのない、むっつりした子――あの子のどこが旦那さまは気に入っていらっしゃるのだろう、とよく不思議に思っていました。あの子の場合は、恩人に対して不遜《ふそん》というのでなく、無神経だっただけなのです。それでいて、自分が旦那さまの心をつかんでいるのは充分わかっていて、口を開きさえすれば家じゅうの者が折れて自分の望みが通るのだと知っているのでした。

たとえばこんなことがありました。ある時、旦那さまが教区の定期市で二頭の子馬をお買いになり、男の子二人に一頭ずつお与えになったのです。ヒースクリフは立派なほうをとったのですが、まもなくその馬が足をひきずるようになったのを知って、ヒンドリーにこう言い出しました。

「馬を取り替えるんだ。おれは自分のがいやになった。取り替えないと、今週になって三つなぐったことをお前の父さんに言いつけて腕を見せるぞ。肩まで黒くあざになってるんだから」

ヒンドリーは舌を出し、相手の顔を平手で打ちました。

「今すぐ言うことを聞いたほうが身のためだぞ」ヒースクリフは出入口のほうへ逃げ出しながら、なおもしつこく言い張ります。それまで馬屋の中にいたのです。「どうせそうなるんだからさ。それにおれがなぐられたことを話せば、おまけをつけて返されるんだぜ」

「お前なんか、どっかへ行っちまえ！」じゃがいもや干草の重さをはかるのに使う鉄の分銅があったのを手にとってかまえながら、ヒンドリーは大声で言いました。

「投げてみろよ」ヒースクリフは一歩も動かずに言い返しました。「そうしたらこっちだって言いつけてやる――父さんが死んだらすぐに追い出すって、おれに向かって偉そうに言ってたことをな。お前こそたちまち追い出されるぞ」

ヒンドリーが分銅を投げ、ヒースクリフの胸に当りました。ヒースクリフは倒れましたが、まっ青な顔で息もできない様子なのに、すぐによろよろと立ち上がるのです。もしわたしが止めなかったら、その足で旦那さまのところへ行って自分がどんな目にあったかを訴え、充分に恨みを晴らしたことでしょう。

「わかった、馬はくれてやるよ、ジプシーめ！」ヒンドリーは言いました。「あれに乗って首でも折ればいい。さっさとどこへでも持って行け。お前なんか、人のうちにこそこそ入ってきた泥棒のくせに！　お父さんをだましてなんでも巻き上げればいいさ。ただし、あとで正体を見せろよ、悪魔の子だっていう正体をな。さあ、馬を連れて行けよ。蹴られて脳みそがふっとべばいい！」

ヒンドリーが言い終えぬうちにもうヒースクリフは、馬の綱をほどいて自分の場所へ移そうとしていました。ちょうど馬のうしろにまわった時、ヒンドリーは悪口の仕上げにヒースクリフを馬の足元に打ち倒し、結果も見届けずに走り去りました。

驚いたことにヒースクリフは落ち着きはらって起き上がると、思いどおりに鞍《くら》などを取り替えました。それが終ってから、束ねた干草の上にすわり、なぐられてふらふらするのを家に入る前にしずめようとするのです。

傷は馬に蹴られてできたことにしましょうね、とわたしが言うと、すぐに承知しました。ほしいものが手に入った以上、その点にはこだわらなかったのです。こういういざこざがあっても日頃からほとんど泣きごとを言わなかったので、復讐心のない子だとわたしは信じ込んでいましたが、それはまったくの思い違いでした。これからお話しするとおりでございます。

第五章

やがて時がたつにつれて、旦那さまに衰えが見え始めました。ずっとお丈夫で活動的な方《かた》でしたのに、急に体力が落ちられ、炉のそばにすわりきりになられるにつれて、ひどく短気になられました。些細《ささい》なことでいらいらなさり、ご自分の権威が軽んじられたと思い込まれて激怒なさるのです。ことに、お気に入りのヒースクリフの弱みにつけいったりいばりちらしたりする者でもあると大変でした。ヒースクリフの悪口は一言でも言わせてなるものかと、それはもう痛々しいくらいの心配《こころくば》り——自分がかわいがるせいで皆があの子を憎み、意地悪をしたがるのだと思い込まれたようなのです。

これは本人のためにもならないことでした。家の中で心の優しい者は、旦那さまを怒らせまいとして、わけ隔《へだ》てのある扱いに調子を合わせてしまい、あの子の悪い性格や思い上がりを助長する結果になったからです。もっとも、それもある程度避けがたいことになってはいました。二度か三度、旦那さまがそばにいらっしゃる時にヒンドリーがヒースクリフをさげすむような口をきき、旦那さまがかんかんになられたことがありました。なぐろうとして杖をつかんだものの、それ以上の力がなく、怒りで身を震わせていらしたものでございます。

あの頃はこの教区にも牧師補がいらして、リントン家やアーンショー家の子供たちを教えたり、少しばかりの土地を耕やしたりしておいでででしたが、とうとうその方から、ヒンドリーを大学へやってはどうかとおすすめがありました。旦那さまは同意なさいましたが、それもしぶしぶのご様子で、こんなふうにおっしゃるのでした。

「ヒンドリーは昔から役立たずだ。どこへ行ってみたって、だめに決まっとる」

これでお屋敷にも平和が戻りますようにと、わたしは心から願いました。ご自分の善行がもとで旦那さまが苦しい目にあっていらっしゃると思うと、とてもつらかったのです。年齢がこたえて病気がちになられたのも家庭内の不和が原因だとわたしには思われ、旦那さまご自身もそうおっしゃっていました。でも本当は、ご不快は衰えつつあるお身体《からだ》のせいだったわけでございますよ。

それでも、キャシーさんと召使いのジョウゼフ、あの二人さえいなければ、なんとかなったかもしれません。ジョウゼフには、あちらのお屋敷でお会いになりましたでしょう？　あの男ときたら、今も同じでしょうが、昔から独善的な偽善者の、いやな人でございました。いつも聖書をあさって自分に都合のいい言葉をかき集め、まわりの者には呪《のろ》いをまき散らすんですからね。いかにも信心深そうにお説教するのがうまいので、旦那さまをすっかり感心させてしまい、お身体が弱られるに従ってますます大きな顔をするようになりました。

旦那さまの魂は果たして救われるだろうか、とか、お子さん方は厳しくしつけなくては、とか旦那さまが気をもまれるようなことを遠慮なく申します。ヒンドリーのことをどうしようもない堕落者だと旦那さまの頭に吹き込み、ヒースクリフとキャサリンの悪口を毎晩とめどなく並べ立てるのが常でした。しかも、一番の罪はキャサリンにあると言って、ヒースクリフびいきの旦那さまのご機嫌をとるのも忘れません。

たしかにキャサリンというのは、わたしが見たこともないような子供でした。一日に五十回かそれ以上、わたしたち皆が愛想をつかすほどです。朝起きて下へおりてきてからベッドに入るまで、どんないたずらをしでかすやら、こちらは気の休まる時がまったくありません。いつも元気旺盛で、舌は動きっぱなし——歌ったり笑ったり、自分に声を合わせない者に向かって、仲間になれ、とうるさくせがんだり、本当に手に負えないおてんば娘でした。でもあのきれいな目、にっこりした時のかわいらしさ、それに軽やかな足どりといったら、教区じゅうで並ぶ者は一人もいませんでしたよ。結局あの子には別に悪気はなかったんです。誰かを泣かせてしまうと、そばに寄り添って気づかわしそうにのぞきこむので、相手は泣きやまずにはいられなくなる——そんなところがありましたから。

キャサリンはヒースクリフが大好きでした。ヒースクリフからひきはなされるのが、一番厳しい罰になるのです。それなのに、ヒースクリフのことで一番よく叱られるのもキャサリンでした。

特にお気に入りの遊びは、手や口を総動員して遊び仲間に命令ができる奥さまごっこでした。わたしも仲間入りさせようとしましたが、ぶたれたり何か言いつけられたりするのはたまりませんから、いやだと言ってやったものです。

さて、旦那さまですが、この方は子供の冗談がわからず、いつも厳格な態度で接していらっしゃいました。キャサリンにしてみれば、病気がちのお父さまが昔お元気だった頃に比べて、なぜずっと短気で不機嫌になられたのか、わけがわかりませんでした。

お父さまに気むずかしい顔で叱られると、もっと怒らせてみようかという、いたずらっぽい喜びにめざめるらしいのです。なにしろ、皆からいっせいにお小言《こごと》を言われる時ほど嬉しそうなことはありませんでした。いつもの、気おくれしない生意気な顔つきと達者な受け答えで反抗するのです。天罰が下りますぞ、などというジョウゼフをあざわらい、わたしをからかっていじめ、お父さまの一番お嫌いなことをわざとしてみせます。旦那さまの優しさより自分の横柄《おうへい》ぶった態度のほうが――横柄ぶっているのでなくそれが娘の地なのだ、と旦那さまは思われましたが――ヒースクリフを動かすにはききめがあるのだとわからせようとするのです。ほら、ヒースクリフはわたしの言うことを何でも聞くけれど、お父さまの言いつけには気が向いた時しか従わないでしょう、と言わんばかりでした。

一日じゅう悪いことをさんざんしたあとで晩になると、その償《つぐな》いをするように、甘えて近寄ってくることがありましたが、そんな時旦那さまはおっしゃいました。

「だめだ、キャシー、お前のことはかわいいと思えん。ヒンドリーのやつにも劣るぞ。向こうへ行ってお祈りをして、神さまにお許しを願うんだな。お前のような子を育てたことを、お母さんもわたしも悔やまねばならんようだ」

はじめはこれを聞いて泣いたキャサリンも、度重《たびかさ》なるにつれて拒絶されることに慣れてしまい、お父さまにお詫びをおっしゃい、とわたしが言っても笑うだけになりました。でも、旦那さまのこの世での苦労の終る時がとうとうやってきました。十月のある晩、旦那さまは炉辺の椅子にすわられたまま静かに亡くなられたのです。

お屋敷のまわりを激しい風が吹き荒れ、煙突の中でうなっておりました。嵐のような荒れた気配でしたが寒くはない夜で、皆集まっていました。わたしは暖炉から少し離れたところでせっせと編み物をし、ジョウゼフはテーブルのそばで聖書を読んでおります。当時は召使いたちも、仕事がすむと居間に来たものでした。キャシーはしばらく病気をしていたためおとなしく、旦那さまのお膝によりかかってすわっていました。キャシーの膝にはヒースクリフが頭をのせて、床に横になっています。

いつになくもの静かな様子を嬉しく思われたのでしょう。今でも覚えておりますが、旦那さまはうとうとなさる前に、キャシーの美しい髪をなでておっしゃいました。

「どうしていつもこんなよい子でいられないのかね、キャシー」

キャシーはお父さまの顔を見上げ、笑って答えました。

「どうしていつもお優しくなれないの、お父さま」

旦那さまはまたご機嫌が悪くなり、キャシーはそれを見てとると、すぐにその手にキスをして、お休みになれるようにお歌を歌うわ、と言いました。そして小さな声で歌い始めました。やがて旦那さまの指がキャサリンの手をすべり落ち、頭も前に垂れてしまいましたので、わたしはキャサリンに、目をさまされるといけないからじっと静かにしているのよ、と申しました。それから優に三十分は皆沈黙を守っておりましたでしょうか。切りのよいところまで聖書を読み終えたジョウゼフが、そろそろお祈りをして休んでいただくように旦那さまをお起こしせねば、と言って立ち上がらなかったら、もっと長くそのままでいたに違いありません。ジョウゼフは近寄ってお名前を呼び、肩に触れました。が、旦那さまが身動きもなさらないので、ろうそくをとってお顔を見ました。

ジョウゼフがそのろうそくを置くのを見て、何かあったな、とわたしは悟りました。そこで子供たちの腕をとり、「二階へ行って静かにするのよ。今夜のお祈りは二人でしてね。ジョウゼフはご用があるから」とささやきました。

「お父さまにお休みなさいをしてからね」キャサリンはそう言って、こちらが止める間もなく旦那さまの首に両腕をまわしてしまったのです。

かわいそうにたちまち事実を悟って、キャサリンは叫びました。

「ああ、お父さまが！　ヒースクリフ、お父さまが亡くなってしまったわ！」

二人は胸が張り裂けんばかりに泣き出しました。

わたしも声をあげて泣かずにはいられませんでした。けれどもジョウゼフだけは、天国で聖者になられたというのにそんなに泣き叫ぶとは何事だ、と言うのです。

そしてわたしに向かって、すぐにマントを着てギマートンへ急げ、医者と牧師を連れてくるんだ、と命じました。いまさら医者や牧師が何の役に立つのか、と思いながらも、わたしは風雨をついてでかけ、お医者さまを連れて戻ってきました。牧師さまは朝になったら行くと言われたからです。

説明はジョウゼフに任せて、わたしは子供部屋へ駆け上がりました。ドアは少し開いていて、真夜中すぎだというのに二人とも横になった様子はありません。でもさっきより落ち着きを取り戻していて、わたしが慰める必要はありませんでした。わたしには思いもつかない考えで、お互いを慰め合っていたのです。世界じゅうのどんな牧師さまでも、二人が無邪気に語るほど美しい天国の図は描けなかったでしょう。涙ながらに聞きながら、わたしたち皆がそろってそんな天国に行ければ、と願わずにはいられないほどなのでした。

第六章

若旦那のヒンドリーもお葬式に帰って来ました。驚いたことに奥さんという人まで連れてきたものですから、ご近所じゅうのうわさになってしまいました。どこで生まれたどんな家の人なのか、ヒンドリーは決して話そうとしませんでしたが、たぶん名もなく財産もない女だったのでしょう。そうでなければ、結婚をお父さまに隠すはずがありません。

家の中を自分流に変えようとするタイプの人ではありませんでした。むしろ、お屋敷に一歩入った瞬間から、目に入るすべてのもの、行われるすべてのことに喜んでいた様子です。ただし、埋葬の支度と弔問客《ちょうもんきゃく》だけは別でした。

お葬式が終るまでの様子を見ていると、この人は頭がおかしいのではないかと思うほどでした。自分の部屋に駆け込み、子供たちの着替えを見なくてはならないわたしまで呼びます。行ってみますと、その人は震えながら両手を握りしめ、何度も繰り返し聞くのです。

「あの人たちはもう帰った？」

それから、喪服を見るとどんな気持ちになるかを異常に興奮した口調で話し始め、びくっとしたり身震いしたり、ついには泣き出すので、どうなさいました、と訊ねますと、よくわからないけど死ぬのがとってもこわいの、と言うじゃございませんか。

めったなことでは死にそうもないのは、わたしと同じなのにねえ、と思ったものです。やせ気味ですが、若くて顔色も生き生きとしていますし、目はダイヤモンドのように輝いています。ただ、確かにいくつか気づいたことはありました。たとえば階段を上がると息切れするようだったこと、突然音がするとそれがどんなに小さな物音でも震え出すこと、時折苦しそうに咳《せき》をすること——でもわたしはこれらの兆候がどんな病気の兆《きざ》しなのか少しも知りませんでしたので、同情する気持ちにならなかったのです。そもそもロックウッドさま、この土地の人間は、はじめに好意を示してくる相手でない限り、めったによそ者に好意をもたないんでございますからね。

三年ぶりに見る若旦那のヒンドリーは、以前とずいぶん変わっていました。やせて顔色も悪くなり、話し方や服装もまったく違います。帰宅した日にジョウゼフとわたしに向かって、これからは居間を立ちのいて裏の台所にいるようにと言いわたしました。ほんとうは余備の小部屋にじゅうたんを敷き、壁紙をはってそこを居間にしようという考えだったらしいのですが、白い床に赤々と燃える暖炉があって、歩きまわるにも広々した、これまでの居間を奥さんが気に入り、白鑞《ピューター》のお皿、陶器戸棚、犬の寝場所まで喜んでいるのを見て、それならわざわざ手間をかける必要もあるまいということで、計画は中止になったのです。

奥さんはまた、新しい家族で妹ができたことを喜び、はじめのうちキャサリンにしきりと話しかけてはキスをしたり、一緒に歩き回ったり、プレゼントをどっさりあげたりしていましたが、まもなく好意もさめてしまいました。そして気むずかしくなり、一方、ヒンドリーのほうは横暴になりました。奥さんがヒースクリフを嫌う言葉をちょっと口にしただけでヒンドリーの胸には昔の憎しみがまざまざとよみがえったようで、ヒースクリフを家族から召使い扱いに格下げし、牧師補さんに勉強を教わるのはやめてこれからは外で働けと命じて、他の使用人と同じように重労働をさせ始めました。

ヒースクリフはそんな扱いを受けても、最初はかなりよく耐えていました。キャシーが自分の教わったことを教えてくれたり、一緒に外で働いたり遊んだりしてくれたからです。二人がどんなお行儀で何をしようが、自分の見えるところにさえいなければ気にもとめないというのがヒンドリーのやり方でしたから、二人ともこのままでは野蛮人のようにがさつ者になって当然でした。なにしろ、二人が日曜日に教会へ行くように気をつけることさえしないのです。二人が行かなかったので、ジョウゼフと牧師補に放任を注意され、そこで初めてヒースクリフには鞭打ち、キャサリンには昼食か夕食抜きという罰を与えることにするありさまでした。

それでも二人にとっては、朝から荒野に逃げ出して行って一日じゅう遊んでいるのが何よりの楽しみで、あとで罰を受けることくらい何でもありませんでした。牧師補がキャサリンにいくらたくさんの聖書の言葉を暗記させても、またジョウゼフが腕の痛くなるまでいくらたくさんヒースクリフを鞭打っても、二人は再び顔を合わせたとたんに――特に仕返しのいたずらな計画でもできればたちまち――すべてを忘れてしまいます。日を追って粗暴になる二人の姿に、わたしは何度となく一人で泣きました。でもそのわたしも、他に味方のない子供たちに対してささやかながらもまだ保っている力まで失いそうで、一言の注意もできないのでした。

ある日曜日の夕方のことです。うるさくしたというような何かささいな理由で二人は居間から追い出されていましたが、わたしが夕食に呼びに行く時になっても、どこにも姿が見えません。皆で一階も二階もお屋敷じゅうをさがし、裏庭や馬屋も見ましたが、いないのです。ついに激怒したヒンドリーは、全部の戸に閂《かんぬき》をかけろ、絶対に今夜は二人を入れるな、とわたしたちに命じました。

家じゅうの者が寝たあとも、わたしは心配で横にもなれず、雨の中、窓の格子を開いて頭を出し、耳をすましました。もし戻ってきたら、命令に反することになっても入れてやる決心でした。

しばらくすると、道を近づく足音が聞こえ、門を通ってやってくるランプの光がかすかに見えました。

わたしは急いでショールを頭にかぶり、走り出しました。二人のノックでヒンドリーが目をさますといけない、と思ったからです。ところが、帰ってきたのはヒースクリフ一人でした。わたしはぎくりとして、あわてて聞きました。

「キャサリンさんはどこ？　何かあったんじゃないでしょうね」

「スラッシュクロス屋敷にいるよ。おれも一緒にいたかったけど、おれには泊まるようにすすめてくれなかった。礼儀に欠けるよな」

「まあ、そんなこと言って。叱られますよ。たたき出されなくちゃ懲《こ》りないのね。だけど、どうしてスラッシュクロス屋敷なんかに行ったの？」

「濡《ぬ》れた服を脱《ぬ》ぐまで待ってくれたら話すよ、ネリー」

旦那さまを起こさないように気をつけて、とわたしは言いました。そして服を脱ぐ間、ろうそくを消さないで待っていますと、ヒースクリフは話を続けました。

「気が向くままに歩きまわろうと思って、キャシーとおれは洗濯場から逃げ出したんだ。そうしたらリントンさんの屋敷の明かりがちらっと見えたんで、ちょっとのぞきに行こうっていうことになった。あそこのうちでも日曜の晩は、父さん母さんたちが暖炉のまん前を占領して食べたり飲んだり、歌ったり笑ったりしていて、その間、子供たちは隅っこに立って震えているのかな、と思ってさ。どう思う？　お説教を読んだり、下男に教義問答をたたきこまれて、答えられない時は聖書にある名前を山ほど覚えさせられたり――あそこでもしていると思うかい？」

「たぶん、してないでしょうね」とわたしは答えました。「あちらのお子さんたちはいい子に決まっていますからね。あなたたちみたいに悪いことをして罰を受けることなんかないんですよ」

「もっともらしいことを言うなよ、ネリー。ばかばかしいや。おれたち二人で、嵐が丘のてっぺんから猟園まで一気に駆けおりたんだ。キャサリンははだしになったんで競走には完敗。明日になったら湿地に行って靴をさがしてやっておくれ。それからおれたちは、生け垣のこわれたところをくぐって、小道を手探りで進んで行った。客間の窓の下に花壇があったんでそこに入った。よろい戸は閉まってないし、カーテンも半分しか閉めてなかったから、そこから明かりがさしていたんだよ。土台にのって窓枠にしがみつくと二人とも中が見えた。それがとってもきれいだったなあ！　赤いじゅうたんで、椅子にもテーブルにも赤いカバーのかかった、すばらしい部屋だ。天井は真っ白で金色の縁取りがあるし、天井の真ん中からたくさんの小さなガラスが銀の鎖で下がって、細いろうそくの光できらきらしてるし……。リントンさんも奥さんもいなくて、エドガーと妹だけで一部屋そっくり占領しているのさ。ご機嫌でいて当然だよね？　おれたちだったら、天国にのぼったような気がするに違いないよ。ところがそこで、あんたの言うあちらのいい子たちがどうしていたと思う？　イザベラはたしかキャシーより一つ下で十一だと思ったけど、部屋の向こうの隅にころがって、まるで赤く焼けた針を魔女に突き刺されているみたいに泣き叫んでいるし、エドガーも炉辺に立ってめそめそ泣いている。テーブルの真ん中には小さい犬が一匹すわって、足を震わせながらキャンキャン鳴いてるんだ。言い合いの様子から見て、犬の身体が裂けるくらいに二人で引っぱり合ったらしい。馬鹿な兄妹だよ。毛のふんわりした犬をどっちが抱くかで喧嘩して、とり合った末に二人ともいらないと言って泣き出すなんて。それがあいつらの楽しい遊びなんだ。ひどい甘ったれだから、馬鹿にして二人で大いに笑ってやったさ。キャサリンがほしがるものをおれが取ろうとしたり、一つの部屋に二人でいるのに選《よ》りにも選って両端に別れて、泣いたりわめいたり床にころがったりするなんて、夢にも考えられないだろう？　おれはどんなことがあっても、ここでの暮しとスラッシュクロス屋敷のエドガー・リントンの暮しを交換するつもりはない。たとえジョウゼフを一番上の破風《はふ》から投げとばしてもいい、とか、屋敷の正面の壁をヒンドリーの血で塗ってもいい、とか言われても絶対にいやだ」

「しっ！　おやめ！」わたしはヒースクリフの言葉をさえぎって言いました。「どうしてキャサリンを向こうに残してきたか、その話がまだじゃないの」

「おれたちが思いきり笑ったところまで話したよね？　リントン兄妹はその声を聞きつけると、まったく同時に矢のような勢いでドアへ飛んで行った。ちょっと静かだと思ったら、いきなり叫び声がした。『ねえ、ママ、ママ！　パパ！　ママったら！　来て、来て！　ねえ、パパ！』とにかくこんな調子で、二人でわめき立てるんだ。もっとこわがらせてやろうとして、おれたちはすごい音を立てた。でもその時、誰か閂《かんぬき》を抜くのがわかったから、逃げたほうがいいと思って窓枠をはなしておりたんだよ。キャシーの手をとってせき立てていたんだけど、キャシーが急にころんじゃった。

『逃げて、ヒースクリフ！　逃げるのよ！　ブルドッグをはなしたんだわ。わたしにかみついてるの』キャシーが小声でそう言った。

ブルのやつ、キャシーの足首に食いついていたんだよ、ネリー。ものすごい鼻息が聞こえた。それでもキャシーは叫んだりしなかった。そんなことするもんか。狂った牛に角で突き刺されたって声なんか立てるわけがない子だからね。だけど、おれは大声を出した。世界じゅうのどんな悪魔も退散するほどの悪態をつきながら石を拾うと、犬の口に突っこんで、のどの奥まで力いっぱい押し込んでやったよ。とうとうそこへ召使いらしいいやな男がランプを持って出て来てどなるんだ。

『はなすなよ、スカルカー、はなすな！』

でも、犬のかみついている相手を見ると調子が変わった。犬の首をしめてキャシーから引きはなしたもんで、犬は紫色の舌を口から半フィートも出していたよ。たれさがった口のまわりは血のまじったよだれで濡れているし……。

男が抱き起こした時、キャシーの顔色は悪かった。こわかったせいじゃないのは確かだ。よっぽど痛かったんだろう。キャシーをかかえて入って行くので、おれもあとについて、いまに敵《かたき》は討ってやるぞ、とかなんとか、ぶつぶつ言いながら入って行った。『ロバート、どんなやつだ？』リントンさんが入口から大声で聞いた。

『スカルカーが小さい女の子をつかまえましたんですよ、旦那さま。それから若いやつがここにもう一人』下男はそう言っておれをしっかりつかまえた。『見るからに悪党らしい面《つら》ですぜ。どうやら泥棒のやつらめ、窓からこいつらをしのびこませておいて、うちが寝しずまったら戸をあけさせる寸法だったんでしょう。そうすりゃ、皆殺しも思いのままってわけでね。こら、黙ってろ、この口汚ない盗人《ぬすっと》野郎！　おまえなんか、もう絞首台行きよ。旦那さま、まだ鉄砲はしまわないで下さいましよ』

『もちろんだとも、ロバート』だとさ。『賊は昨日が地代の入る日だと知っていて、それを盗もうと計画したんだろう。入って来なさい。一つわたしがお相手しようじゃないか。ジョン、鎖をしっかり掛けてな。それからジェニーや、スカルカーに水をやっておくれ。治安判事の屋敷に、それも安息日《あんそくび》に押し入るとは、まったくふてぶてしいやつらだ。おやおや、メアリー、そら、こわがることはない。ほんの子供だよ。しかし、悪者の相はもうはっきり出ているな。顔だけでなく本当に悪事を働く前に絞首刑にするのが世のためかもしれんよ』

判事がおれをシャンデリアの下にひっぱり出すと、奥さんは眼鏡《めがね》をかけてこわそうに両手を上げるし、弱虫の子供たちもおっかなびっくり寄ってくる。イザベラがよくまわらない舌で言ったよ。

『まあ、おっかない！　地下室に入れちゃってね、パパ。あたしに馴《な》れてた雉《きじ》を盗んだ、あの占い師の息子にそっくり。ねえ、エドガー？』

みんながそうやっておれのことを見ていると、キャシーが来て、イザベラの言葉を聞いて笑い声を立てた。その顔をまじまじと見つめていたエドガー・リントンは、やっと落ち着きを取り戻して、誰だかわかったらしいよ。おれたちとはめったに会わないけど、教会で顔は見てるからね。

『アーンショーさんのお嬢さんだよ』エドガーは奥さんに小さい声で言った。『あんなにスカルカーにかまれて、ほら、足からすごく血が出てる』

『アーンショーさんのお嬢さんですって？　そんな馬鹿な！』奥さんは大声でそう言った。『アーンショーさんのお嬢さんがジプシーと外をうろつきまわっているものですか。でも、あなた、この子、喪服《もふく》を着て——ああ、やっぱり！　足が一生不自由になるかもしれないわ！』

おれを見ていたリントンさんは、キャサリンのほうをふりむいて、強い調子で言ったよ。『兄貴の監督不行届《ふゆきとど》きだな！　シールダーズの話だと（これは牧師補の名前でございますよ、ロックウッドさま）、妹が異教徒同然に大きくなるのを放りっぱなしにしているそうだからね。それでこっちは何者だ？　どこでこんな仲間を見つけてきたんだろう。そうそう、わかったぞ。これは亡くなったアーンショーさんがリヴァプールで拾われた子にまちがいない。どうせ、インドの船乗りか、アメリカ人かスペイン人あたりの捨て子だろうよ』

『いずれにしても悪い子ですよ。きちんとした家庭にはふさわしくありません。どんな言葉づかいだか、あなた、お気づきになりました？　うちの子供たちの耳に入ったと思うとぞっとしますわ』これは奥さんさ。

おれはまた悪態をつき始めたね。怒らないでよ、ネリー。それでおれを連れ出すようにロバートが言いつけられた時、おれはキャシーと一緒じゃなきゃいやだって抵抗したけど、庭に引きずり出された。ロバートのやつ、おれの手にランプを押しつけて、お前のことはアーンショーさんに必ず知らせてやるからそう思え、さっさと帰るんだって言うと、ドアを閉めやがったのさ。

カーテンがまだ片側に寄せてあったから、おれはまた中をのぞきに行った。もしキャサリンが帰りたがっているのに放そうとしないんだったら、あの大きな窓ガラスを粉々に割ってやるつもりだったんだ。

キャシーはソファにすわって落ち着いていたよ。おれたちがでかける時に借りて行った乳しぼり女の灰色のマント、あれを奥さんが脱がしてやりながら、首をふって、何か言い聞かせているらしかった。キャシーはちゃんとしたお嬢さんだから、向こうもおれとは違う扱いをするってわけだ。次には女中がたらいにお湯を入れてきて足を洗う、リントンさんはぶどう酒の甘いお湯割りを作る、イザベラはキャシーの膝に皿いっぱいの菓子をあけてやる、っていう具合で、エドガーは遠くで口をぽかんとあけて見ていたよ。そのあと、キャシーのきれいな髪をみんなで拭《ふ》いたりとかしたりして、足には特大の部屋ばきをはかせると、椅子ごと暖炉のほうに向けてやった。おれが帰ってくる時、キャシーは最高に楽しそうだったな。もらった菓子を小さい犬とスカルカーに分けてやって、食べてるスカルカーの鼻をつまんだりしてさ。向こうの子供たちの、ぼうっとした青い目まで輝いて見えたけど、あれはキャシーのかわいい顔の明るさが映ったんだね。なにしろ、みんな馬鹿みたいにキャシーに見とれているんだもの。キャシーのほうがあいつらより、いや世界じゅうの誰よりずっと上さ。違うかい？ ネリー」

わたしはヒースクリフを毛布でくるみ、明かりを消しながら言いました。「今度の事件は、あんたが考えている以上に大変なことになりますよ。あんたってどうしようもない子だもの、ヒースクリフ。ヒンドリーさんもきっと今度は手加減なさるまいよ」

わたしの言葉は、それこそわたしの思った以上に当ってしまいました。不運な結末に終った二人の冒険を知って、ヒンドリーは猛烈に怒りました。さらに翌日には、事態改善の必要を感じられたリントンさんがご自分で出向いて来られ、家長としての家族の監督に問題があるといって諄々《じゅんじゅん》と諭《さと》されましたので、さすがに若旦那のヒンドリーも真剣に考える気になったのです。

ヒースクリフは、鞭打ちは免《まぬか》れたものの、今後キャサリンに一言でも口をきいたらすぐに追い出すと警告を受けました。一方、キャサリンの帰宅後のしつけは奥さんの仕事に決まりました。これは力ずくというわけには参らず、知恵才覚が必要なのでした。

第七章

キャシーはクリスマスまで五週間、スラッシュクロス屋敷に泊っていましたが、その間に足首のけがもなおり、お行儀もずいぶんと良くなりました。その間、こちらの奥さんもしげしげと訪ねて行っては、きれいな服を与えてちやほやしました。自尊心を持たせようという、しつけ直しの第一歩の試みだったのですが、キャシーも喜んで受け入れたようです。そんなわけですから、いよいよ帰宅のときには、帽子もかぶらぬ野生児のような子供がお屋敷にとびこんできて、みんなを息も止まるほどぎゅっと抱きしめるかと思っていましたらば大間違い、見事な黒い小馬からおりてきたのは上品な令嬢でした。羽根飾りのついたビーバーの毛皮の帽子から茶色の巻き毛が垂れ下がり、乗馬服の裾は長くて、歩く時には両手でつままなくてはならないほどです。

妹を馬から抱きおろしながら、ヒンドリーは嬉しそうな声を上げました。

「いやいや、キャシー、たいした美人だ。見違えるよ。すっかり一人前のレディーに見える。イザベラ・リントンだって比べものにならないぞ。どうかね、フランシス」

「イザベラはもともとこんなに器量がよくありませんもの」と奥さんは答えました。「でもキャシーもこれからは、野育ちの子に戻らないように気をつけないとね。エレン、お嬢さんの着替えをお手伝いして。キャシー、あなたはじっとしているのよ。巻き毛が乱れてしまうからね。帽子はわたしが脱がせてあげましょう」

そこでわたしが乗馬服を脱がせますと、下はすばらしい格子縞《こうしじま》の絹の上着に白いズボン、ぴかぴかに磨かれた靴という装いで、輝くようです。犬たちが歓迎して弾むようにとんでくると嬉しそうに目を輝かせたものの、立派な服にじゃれつかれるのが心配で、ほとんど撫でられませんでした。

わたしにも優しくキスをしてくれました。わたしはちょうどクリスマスケーキを作っていて粉だらけでしたから、抱きしめるわけにはいかなかったのです。それからキャサリンは、ヒースクリフの姿を目でさがしました。ヒンドリー夫妻としては、仲良しの二人を今後どうやって引きはなせばよいか、対面の様子からある程度判断できると思っていましたので、気づかわしげになりゆきを見守っています。

はじめヒースクリフは見つかりませんでした。キャサリンが留守にする前から身なりに無頓着で、誰からもかまってもらえなかったのに、今ではそれが十倍もひどくなっています。

あんたは汚いわよ、身体を洗いなさい、と週に一度の注意をしてやるのさえ、わたし一人でした。それにとかくあの年頃の子供というものは、石けんを使うのを嫌うものでございますからね。そんなわけで、三ヵ月も泥やほこりにまみれたままの服や、櫛《くし》も入れない、もじゃもじゃの髪もさることながら、顔と両手もひどく汚れておりました。自分と同類のくしゃくしゃ頭の子が帰ってくると思っていたのに、まばゆいほどのお嬢さまがしとやかに入ってくるのを見て、木の長椅子のうしろにこっそり隠れたのも無理はありません。

「ヒースクリフはいないの?」キャシーは手袋をはずしながら聞きました。ずっと外に出ず、何もしなかったために、指は驚くほどまっ白になっています。

「ヒースクリフ、出て来てかまわんぞ」ヒンドリーが大声で言いました。ヒースクリフの困惑を楽しみ、浮浪児かと思われるようなひどいかっこうで出てくるところを見てやろう、とばかり待ちうけているのです。「出て来てお嬢さんに挨拶するといい。ほかの召使いと同じようにな」

隠れているヒースクリフの姿を見つけると、キャサリンはとんで行って抱きしめ、たて続けに七回か八回、頬にキスをしました。それから少しうしろにさがると、急に笑い出しました。

「まあ、なんて気むずかしそうにむっとしているんでしょう！　こわい顔して、おかしいわ！　でもこれは、リントンさんちでエドガーやイザベラを見慣れていたせいね。さあ、ヒースクリフ、わたしを忘れちゃったの？」

そう訊ねるのももっともでした。ヒースクリフは自尊心と不面目とで二重に暗い表情をして、身じろぎ一つしなかったからです。

「握手するんだな、ヒースクリフ。たまのことだから許してやろう」ヒンドリーは、さも偉そうにそう言いました。

「するもんか。笑われるのはごめんさ。絶対にいやだね」

ヒースクリフはやっとものが言えるようになると、そう言ってその場を離れようとしましたが、キャシーがそれをおさえて言いました。

「笑うつもりじゃなかったんだけど、思わず吹き出してしまったの。せめて握手してちょうだいよ、ヒースクリフ。なぜふくれているの？　わたしはただ、おかしなかっこうだと思っただけ。顔を洗って髪をとかせば、それでいいのよ。でも、ずいぶん汚いのねえ」

キャシーは握っている黒っぽい手を、そして自分の服を心配そうに見つめました。ヒースクリフにさわったために服が汚れたのではないかと気になったのでしょう。

「おれになんか、さわらなけりゃよかっただろう」キャサリンの視線に気づいたヒースクリフは、握手の手をさっと引っ込めて言いました。「おれは好きなだけ汚くなっているさ。汚いのが好きなんだからね。汚くなってやる」

それだけ言うと、ヒースクリフはヒンドリー夫妻の笑い声の中を一気に突進して、部屋から出て行ってしまいました。一方、キャサリンはひどくとまどっていました。自分の言葉でどうしてヒースクリフがあんなに怒ったのか、よくわからなかったからです。帰ったばかりのキャサリンの世話をし、お菓子を天火《てんぴ》に入れてから、クリスマス・イブにふさわしく居間にも台所にも赤々と火をたいて居心地よくしておいて、わたしも腰をおろし、一人でクリスマスキャロルを歌って楽しむことにしました。わたしの歌うキャロルは俗っぽいものばかりだとジョウゼフは言いますが、かまうものか、という気分です。

ジョウゼフは自分の部屋へお祈りに行っていますし、ヒンドリー夫妻は、リントン家でよくしてもらったお礼にキャサリンからリントン兄妹に贈るようにと用意してあった、さまざまのきらびやかな品物をキャサリンの前にひろげて見せていました。

リントン兄妹は翌日嵐が丘にお招きしてありましたが、「あの口汚い悪い子」にうちの子供たちを近づけないように、よく気をつけて下さるなら伺わせます、というリントン夫人の条件つきでお返事があったのでした。

そういうわけで台所にはわたし一人、お菓子の焼けるおいしそうな匂いが天火から漂ってきます。台所用品はぴかぴかに磨いてありますし、時計もきれいにふいて柊《ひいらぎ》で飾ったし、銀のマグはお盆に並べて、あとはお夕食に温かいお酒を注ぐばかりです。特に自慢なのは念入りに掃いて磨き上げた床で、わたしが何より気をつけた甲斐《かい》あって、しみ一つありません。

心の中で拍手を贈りながら一つ一つを眺めているうちに思い出したのは、亡くなった旦那さまのことでした。こんなふうにすっかり片付いた頃によく入っていらして、働き者だね、とほめて下さり、クリスマスのご祝儀として一シリング銀貨を握らせて下さったものです。ヒースクリフをかわいがり、自分の亡きあと、あの子が誰にもかまってもらえなくなるのを心配していらしたっけ、と思うと、どうしても今のヒースクリフの境遇を考えずにはいられなくなり、歌どころか泣きたい気持ちになりました。でもすぐにわたしは、泣いていても仕方ない、それより今の不幸をいくらかでも小さくしてやるほうが大切だ、と思い直して立ち上がり、ヒースクリフをさがしに中庭に出ました。

ヒースクリフは遠くへは行っていませんでした。馬屋の中で新しい子馬のつやつやした毛を撫《な》でたり、いつもどおり馬たちにまぐさをやったりしていたのです。

「急いで、ヒースクリフ。台所はすごく気持ちがよくて、ジョウゼフも自分の部屋なの。早くすれば、キャシーさんが来る前にきれいな服装にしてあげるわ。そうすればキャシーさんと二人で暖炉の前を占領して、寝るまでの間ゆっくりお話できるじゃない?」

ヒースクリフはこちらを見ようともしないで仕事を続けていました。

「さあ、どうなの、来るんでしょう? あなたたちの分のお菓子だってちゃんとあるのよ。着替えに三十分は見なくちゃいけないし」

わたしはそう言って五分待ったのですが、返事をしないので戻ってきました。キャサリンは兄夫婦と食事をし、ジョウゼフとわたしは小言と口答えを交換しながら、およそ愛想のない食事をすませました。ヒースクリフの分のお菓子もチーズも、まるで妖精たちに供えたように、手つかずのまま一晩中テーブルにのっていました。ヒースクリフは九時まで何か用を見つけて働いたあげく、むっつりとおし黙って自分の部屋に引き上げてしまったからです。

キャシーは新しい友だちを迎える準備で遅くまで起きていました。古い友だちヒースクリフと話をしに台所へ一度だけ来ましたが、姿が見えないので、どうしたのかしら、と言って戻って行ってしまいました。

翌朝ヒースクリフは早起きし、休日でしたので不機嫌な顔のまま荒野へ出て行って、家族が教会へ行ってしまうまで帰ってきませんでした。前の晩から何も食べずによく考えた結果、反省したらしく、しばらくわたしのまわりをうろうろした末に、突然思いきった様子で言い出しました。

「ネリー、ちゃんとしたかっこうをさせてほしいんだ。いい子になろうと思って」

「やっとその気になったのね。あんたはキャサリンのことを悲しませてしまったのよ。帰ってこなければよかったと思っていますよ、きっと。あんたよりキャサリンのほうが大事にされるからねたんでいるみたいね」

キャサリンをねたむというのはヒースクリフには理解できないことでしたが、悲しませたというのならよくわかることでした。

「悲しいって自分で言ってたの?」ヒースクリフはとても真剣な面持《おもも》ちで訊ねました。

「あんたが今朝もまた出て行ったと言ったら、泣いていましたよ」

「だって、おれも昨日の晩は泣いたよ。それに、おれのほうが泣く理由はたくさんあるんだぜ」

「そうね、確かにあんたには、誇りとからっぽのおなかをかかえて寝てしまうだけの理由はあったわ。誇りがある人は、自分で悲しみを生み出してしまうものよ。でも、もし些細《ささい》なことで怒ったりして悪かったと思うのならね、いいこと、キャサリンが帰ってきたらあやまるのよ。そばへ行って、キスさせてほしいって頼んで、それから……それからなんて言ったらいいのかは、よくわかっているわよね。とにかく大事なのは心をこめて言うってことよ。立派な洋服のせいでキャサリンが他人に見えるような様子は見せないで。さあ、これからわたしはお食事の支度があるけど、合い間をみて着替えをさせてあげましょう。隣に立ったらエドガー・リントンが間の抜けたお人形さんに見えるようにね。だって、本当よ。あんたのほうが年は下だけど、背は高いし、肩幅なんか間違いなく二倍くらいあるわ。エドガーなんて一瞬でなぐり倒せるでしょう。そう思わない？」

ヒースクリフの顔は明るくなりましたが、すぐにまたくもり、ため息が出ました。

「でもさ、ネリー、何回なぐり倒したってあいつが見苦しくなるわけじゃないし、おれがハンサムになるわけでもないよ。おれも金髪で色が白くて、きれいな服で行儀もよくて、あいつくらい金持ちになれればなあ！」

「そして、なにかにつけて『ママー』と泣いたり、そこらの子がげんこつをふりあげればぶるぶる震えたり、雨の日は一日じゅう家の中――そんな子になりたいの？　さあ、ヒースクリフ、そんなにしょげこんでいてはおかしいわ。鏡のところに来てごらん。これからの心がけを教えてあげるから。ほら、わかる？　両目の間の二本の皺《しわ》。眉は濃いから弓形になっていればいいのに、真ん中へ来て下がっているでしょう？　そして黒い二つの目も奥深くひっこんで、決して堂々と窓を開かず、かげからちらちらのぞいているところは、まるで悪魔のスパイみたい。これからはその不機嫌そうな皺をなるべくのばすようにするのよ。目ははっきり開いて、悪魔を自信に満ちた、無邪気な天使に変えなくてはね。人を疑うのをやめて、間違いなく敵だと断定できる人以外は友だちだと思うこと。たちの悪いのら犬は、人に蹴られてそれも当然の報《むく》いとわかっていながらも、蹴った相手だけでなく世の中全体を恨《うら》むような顔つきをするものだけど、そういう顔は禁物《きんもつ》よ」

「じゃあ、やっぱりエドガー・リントンみたいに大きな青い目とすべすべの額がいいってことになる。おれだってそうなりたいけど、なりたいと思ってなれるわけじゃないよ」

「たとえ本当に黒くたって、心が良ければ顔も立派になるし、反対に心が悪いとどんなに立派な顔も、醜《みにく》いというよりもっとひどい顔になってしまうのよ。さあ、こうしてきれいに顔を洗って髪もとかして、ふくれっ面《つら》をやめると、ほら、なかなかハンサムだと思わない？　わたしは思うわ。身分を隠すために身をやつした王子さまみたい。もしかしたらあんたのお父さんは中国皇帝、お母さんはインドの女王さまかもしれないじゃないの。どちらもそれぞれ、一週間の収入だけで嵐が丘とスラッシュクロスのお屋敷を二つまとめて買い上げられるくらいのお金持ちで、あんたは悪い船乗りにさらわれてイギリスへ連れてこられたんだと。わたしがあんただったら、自分は高貴な生まれだと考えるわ。そう思えば勇気と落ち着きが出て、けちな農園主におさえつけられるくらい辛抱できるもの！」

わたしはこんな調子でしゃべり続けておりました。ヒースクリフの眉間《みけん》の皺も次第に消えて、楽しそうな顔つきになって参りました。ちょうどそこへ、道をやってきて中庭に入る馬車のゴロゴロいう音が聞こえたので、わたしたちの会話はとぎれました。ヒースクリフは窓へ、わたしは戸口へと駆け寄って見ますと、マントと毛皮にくるまったリントン兄妹が家族用の馬車から出てくるところで、アーンショー家の人たちも馬をおりるところでした。冬の間はよく馬で教会に通ったものなのでございますよ。キャサリンが兄妹の手をとって居間に入り、暖炉の前へ案内してすわらせると、二人の白い顔もたちまち赤味をおびてきました。

さあ、急いで行って機嫌のいい顔を見せてくるのよ、とわたしが言いますと、ヒースクリフも素直に従おうとしました。それなのに運の悪いことはあるものでございます。ヒースクリフがあけようとした、台所から出るドアを、向こう側からヒンドリーもあけたのです。いきなり顔を合わせたヒンドリーは、ヒースクリフがさっぱりした身なりで嬉しそうなのが気に入らなかったのか、あるいはリントン夫人との約束を守らねばと思ったせいなのか、ヒースクリフを乱暴に突きのけると、怒ったようにジョウゼフに命じました。「こいつは部屋に入れるんじゃないぞ。食事がすむまで屋根裏へやっておけ。そのへんに放っておいたら、すぐにパイに指をつっこんだり、果物を盗んだりするに決まってるからな」

「いいえ、そんな、手をつけるなんてこと、この子に限って決していたしませんよ」わたしはそう言わずにはいられませんでした。「それに、わたしたちと同じように、この子にもご馳走《ちそう》を分けてやらなくてはいけないと存じますが」

「ご馳走ならおれのげんこつを分けてやるとも、もし明るいうちに下へおりてきていたらな。さっさと行かんか、この宿なしめが！　おやおや一人前にお前もおしゃれするのか。その素敵《すてき》な髪をつかんで、もっとのびるかどうか引っぱってやろうじゃないか」

「今でもずいぶんのびてるよ」その声は戸口から顔をのぞかせたエドガー坊やです。

「よく頭が痛くならないね。子馬のたてがみみたいに目にかぶさっているのに！」

侮辱のつもりで言ったわけではなかったのですが、気性の激しいヒースクリフがこんなぶしつけを言われて我慢できるはずはありません。それに、もうその頃からライバルとして敵意を感じていたらしいエドガーの口から出たのですからなおさらです。ヒースクリフは、一番手近にあったキャセロールをつかむと、中身の、熱いアップルソースをエドガーの顔から首のあたりにそっくり浴びせかけてしまいました。たちまちエドガーが泣き出し、イザベラとキャサリンが駆けつけました。

ヒンドリーがすぐにヒースクリフをつかまえ、自分の部屋へ引っ立てて行きました。あとで戻ってきた時の、息を切らし、顔も真っ赤にしていた様子では、激怒がおさまるまで思いきり手荒なお仕置《しおき》をしたに違いありません。わたしはふきんを手に、よけいなお口を出すからこんなことになるんですよ、とはっきり言い聞かせながら、エドガーの鼻や口のソースをやや荒っぽく拭《ふ》きとってやりました。イザベラは、もうおうちに帰る、と言って泣き始めますし、キャシーは恥ずかしさに頰を染め、途方に暮れて立ちつくしています。

「あんなこと、言わなければよかったのに」キャシーはエドガーに矛先《ほこさき》を向けました。「あの子は機嫌が悪かったんだから。せっかく来てくれたのに、これで今日は台なしよ。それにあの子は鞭でぶたれるわ。そのことを考えると、苦しくてお食事なんかできない。エドガー、あなたはなぜ、あの子に話しかけたの？」

「ぼくは話しかけてないよ」エドガーはしゃくり上げながらわたしから離れ、まだ残っている汚れを自分のリネンのハンカチで拭き続けました。「あの子とは一言も口をきかないってママと約束したんだ。だから、あの子には何も言ってない」

「とにかく、泣くのをやめて!」キャサリンは軽蔑するように言いました。「殺されたわけじゃないでしょ。もう悪いことをしないでね。兄さんが来るわ。静かに! イザベラ、黙りなさいったら! 誰もあなたに何もしてないじゃないの」

「さあさあ、みんな、席に着いて」ヒンドリーがせかせかと入ってきて声をかけました。「あの小僧をこらしめてやったおかげで、身体がぽかぽかしてきたよ。なあ、エドガー坊や、今度あんなことがあったら、腕力で仕返ししてやるといい。食欲が出るぞ」

かぐわしいご馳走を前にして、一同は落ち着きを取り戻しました。教会への往復でおなかもすいていましたし、誰かけがをしたわけでもないので、ご機嫌がなおるのにそう長くはかかりませんでした。

ヒンドリーがめいめいに肉をたっぷり切りわければ、奥さんは明るいおしゃべりでみんなを陽気にします。わたしは奥さんの椅子のうしろに立って控えておりましたが、キャサリンが涙一滴こぼさず、自分のお皿のガチョウの手羽肉に落ち着きはらってナイフを入れるのを眺めて、胸が痛みました。

まあ、なんて冷たい子でしょう、幼友だちの苦しみをこんなにけろりと忘れるなんて、ここまで自分本位とは思いもよらなかったわ、と考えていたのでございます。

　その時キャシーが肉を一切れ、口元まで持って行きましたが、そのままお皿に戻してしまいました。両頬が赤くなったかと思うと、どっと涙があふれ、フォークが床にすべり落ちます。キャシーはあわててテーブルクロスの下にもぐって涙を隠すのでした。冷たい子だと思ったのは取り消しです。実際、キャシーはその日一日じゅう煉獄《れんごく》の苦しみで、なんとか早く一人になりたい、ヒースクリフに会いに行きたい、とじりじりしているのが見てとれました。その頃ヒースクリフは屋根裏に閉じ込められていました。わたしがあとでこっそり食べ物を運んでやろうとしてわかったことでしたが。

　夕方になるとダンスが始まりました。イザベラの相手がいないからヒースクリフを連れてきて、とキャシーは頼んだのですが聞き入れてもらえず、かわりはわたしがつとめることになりました。

　ダンスの熱でわたしたちの暗い気分も晴れ、ギマートンの楽団の到着でいっそう楽しさは増しました。歌い手のほかにトランペット、トロンボーン、クラリネット、バスーン、フレンチホルン、コントラバスまでそろった十五人編成の楽団で、毎年クリスマスにはお屋敷をまわって寄付を集める習慣でした。わたしたちはこれを聞くのを特別の楽しみにしていたものでございますよ。

クリスマスキャロルが一通り終ると、ほかの歌や合唱をお願いしました。奥さんが音楽好きとあって、たっぷり聞かせてくれました。

キャサリンも音楽は大好きです。でもこの時は、階段の上で聞くのが一番素敵よ、と言って暗がりを上がって行くので、わたしもついて行きました。下では人が多いために わたしたちがいなくなったことに少しも気づかず、居間のドアを閉めたようでした。キャサリンは階段の上まで来ても止まらず、ヒースクリフが閉じ込められている屋根裏まで上がって行って名前を呼びました。そしてはじめのうち頑固に返事を拒《こば》んでいたヒースクリフを辛抱強く説得し、ついに板壁越しに言葉をかわすのに成功したのです。

わたしは、いじらしい二人のやりとりを邪魔しないようにいったんそこを離れ、そろそろ歌も終りに近づく頃、楽団のおもてなしに入る前にと思って、注意しようとはしごをのぼって行きました。

ところがキャシーの姿は見えず、部屋の中から声が聞こえるではありませんか。どうやらあの子は小猿のように、こちらの天窓から屋根をつたって向こうの天窓まで行って入ったらしいのです。出てくるように説き伏せるのは並大抵のことではありませんでした。

ようやく出てきた時にはヒースクリフも一緒でした。是が非でもヒースクリフを台所に連れて行って、とキャシーは頼み込みます。というのも、その時ジョウゼフは「悪魔の賛美歌」と称する音楽を耳に入れたくないと言って近所の家へ避難中でしたから。

悪い子に手を貸すのはごめんですよ、と言ったものの、ヒースクリフは前の日にお昼を食べたきりでございましたからね、わたしも今度だけはヒンドリーの言いつけにそむくのにも目をつむっていてやろう、という気になったのでございます。

おりてきたヒースクリフのために暖炉のそばに腰掛けを出し、おいしいものをたくさん並べてやりましたが、あの子は気分がすぐれず、ほとんどのどを通りません。わたしの心尽くしも無駄になりました。両肘《りょうひじ》を膝《ひざ》について両手にあごをのせた姿勢で、黙って考え込んでいますので、何を考えているの、と聞いてみました。するとヒースクリフは、真剣な顔でこう答えたのです。

「どうやってヒンドリーに仕返しするか、考えているんだ。仕返しさえできるんなら、どんなに待ってもいい。その時まであいつに死なないでいてほしいものさ！」

「まあ、ヒースクリフ、なんてことを！　悪い人間は神さまが罰して下さるのよ。わたしたちは許すことを学ばなくちゃいけないわ」

「だめだよ、復讐できた時のおれの満足感は神さまにはわからないからね。最高のやり方がわかったらなあ！　さあ、もうおれのこと、かまわないでくれよ。計画を練るんだ。このことを考えている間は、痛さだって感じない」

まあまあ、ロックウッドさま、退屈に決まっていますのに、こんなお話ばっかり長々と、よくおしゃべりしたものですわね。自分でもいやになってしまいます。お粥は冷めるし、こっくりなさるほどお眠いでしょうに。ヒースクリフの身の上でしたら、かいつまんでほんの二言三言でお話しできましたものを。

こう言ってディーンさんは話に区切りをつけると、立ち上がって縫い物をしまい始めた。でも、ぼくはまだ炉辺から離れられなかったし、全然眠くもなかった。

「まだいいでしょう、ディーンさん。せめてあと三十分くらい、すわっていて下さいよ」とぼくは声を大にして頼んだ。「ゆっくり進めてくれたからこそ、いいんです。ぼくはそれが好きなんだ。終りまでその調子で続けて下さい。話に出てきた人たちも、それぞれみんなおもしろいと思いますよ」

「でも、時計がもう十一時を打つところでございますよ」

「かまうものか。ぼくは十一時、十二時に寝る習慣じゃないからね。朝十時まで寝る者にとって、一時や二時はまだまだ宵の口だよ」

「十時はいけませんわ。午前中の一番いい時間がとっくに過ぎたあとに起きることになりますもの。一日の仕事の半分を十時までに終えない人は、残りの半分もできずじまいになりがちですよ」

「ともかく、ディーンさん、もう一度すわって下さいよ。ぼくは明日、午後まで寝ているつもりなんだ。この風邪《かぜ》が長くなりそうなことだけは確かだし」

「そんなことございませんよ。では、三年ほどとばしてお話を続けましょうか。その間にアーンショー夫人は……」

「だめ、だめ、それじゃまずいんですよ。たとえばだけど、一人ですわっている時に、目の前のじゅうたんで親猫が子猫をなめてやっているのをじっと見ていたとしますね。もし片耳をなめ残したらこっちは本気で腹が立ってくる――そんな気分、わかりますか？」

「ずいぶんのんびりした気分でございますわね」

「いや、それどころか、とても身を入れている時の気分だよ。ちょうどぼくの今の気分がそれと同じでね。だから、くわしく聞かせてもらいたいんです。ぼくが見るところでは、このあたりの人たちは都会の人間よりおもしろいですよ。地下牢で見るクモのほうが、家で見るクモより値打ちがあるのと同じようなものかな。もっとも、魅力の大小は見る者のおかれた境遇だけで決まるわけじゃありません。このあたりの人は都会の人間より真剣に、自分らしく生きていて、うわべだけの変化やつまらぬ外見にあまりこだわらない——こういう土地でなら、一生の恋もありうるような気がしますよ。もともと、一年間変わらぬ恋の存在さえ疑う、このぼくなのにね。空腹な人間が一皿の料理を出されれば食欲を集中して充分味わって食べるのに対して、フランス人コックが腕をふるったご馳走の数々の並ぶテーブルについたらどうだろう。全体としての満足感は同じでも、一品一品にはたいして注意を払わないし、記憶にも残らない。それと同じようなものですよ」

「まあ、もっと親しくなられれば、この土地の人間だってよその土地の人と変わりございませんわ」ディーンさんはぼくのおしゃべりに戸惑《とまど》った様子だった。

「こんなことを言って失礼だけど、ディーンさん、あなたのような人がいるのは、同じではないことのはっきりした証拠でしょう」ぼくはそれに対してこう答えた。「田舎っぽいところがほんの少しだけあるにしても、あなたの階級の人にぼくが抱いてきたイメージと全然違うんだから。たいていの使用人たちと違って、いろいろとものを考えてきたに違いない。くだらないあれこれに人生を浪費する機会がなかったために、内省の能力が養われずにはいられなかったのだと思いますよ」

ディーンさんはこれを聞くと、笑い声を立てた。

「確かにわたしは自分でも、道理をわきまえた、まじめな人間だと思っております。ですが、それは必ずしも、山の中に住んで年じゅう同じ顔、同じことの繰り返しばかり見てきたからではございません。厳しくしつけられて思慮分別を身につけたんですし、ロックウッドさまがお思いになっている以上に本も読んでおります。この書斎にある本は全部、一通り開いてみて、どれからも何か学びましたもの。ギリシア語、ラテン語、フランス語の本は別ですが、それでも何語か区別くらいはつきます。貧乏人の娘としては、それが限度でございましょう。

さて、世間話のようにとりとめのないのがお望みなら、お話の続きを始めたほうがよろしいでしょうね。では三年とばすのはやめにしまして、翌年の夏、つまり一七七八年の夏から始めます。今から二十三年ほど前のことでございます。

第八章

六月の晴れた朝、わたしがお世話する初めてのかわいい赤ちゃんであり、アーンショー家の長い血統の最後となる赤ちゃんが誕生しました。

わたしたちが遠くの畑で干草作りに励んでいますと、いつも朝食を運んでくる女の子が一時間も早く牧草地を横切って姿を現し、わたしの名を呼びながら小道を走って来ました。そして、息を切らしてあえぎながら言うのです。

「ねえ、すばらしい赤ちゃんよ！　最高にかわいいの！　でも、お医者さまの話だと、奥さまは助からないんですって。ずっと前から肺病にかかっていたらしいの。先生がご主人にそう言ってるのを聞いちゃった。体力が残ってないから冬までもたないそうよ。すぐに帰ってきて。あんたが育てることになるのよ、ネリー、お砂糖を入れたミルクを飲ませて、昼も夜もめんどうを見て。いいわねえ、あたし、うらやましい。だって、奥さまがいなくなったら、赤ちゃんはすっかりあんた一人のものになるじゃないの」

「でも奥さまはそんなにお悪いの?」わたしは熊手を投げ出し、ボンネットの紐《ひも》を結びながら訊《たず》ねました。

「悪いらしいわ。元気そうに見えるけどね。それに、赤ちゃんが大人になるまで見届けられると信じている口ぶりでね。とにかく嬉しさで気が変になっているのよ。うっとりするような赤ちゃんだもの! あたしだったら絶対に死んだりなんかしない。ケネス先生がたとえ何と言っても、赤ちゃんを見ただけでよくなるわ。あの先生ったら、ほんとに腹が立つのよ。だってね、アーチャーさんが天使みたいに丸々した赤ちゃんを抱っこして居間のご主人に見せにおりて来た時——それもちょうどご主人の顔が輝きかけた、その時に出てきて、こんな不吉なことを言うの。『アーンショー、奥さんが今まで長らえて君にこの坊やを残せたのは神さまのご加護だよ。奥さんがここに来られた時から、長いおつきあいは望めまいとわたしは確信していたんだが、はっきり言ってこの冬を越すのは無理だろう。あまり悩んだり嘆いたりしないことだ。どうしようもないんだからね。そもそも、はじめからあんな灯心草《とうしんそう》みたいな娘を選ばなければよかったんだよ』ですって」

「それで、ご主人のお返事は?」とわたしは聞きました。

「なんだか乱暴な言葉を吐いているようだったけど、よく聞いてなかったわ。あたしは赤ちゃんが見たくて、そっちに気をとられていたから」女の子はそう言うと、また夢中になって赤ちゃんの様子を話し始めました。わたしも一刻も早く自分の目で見たくてたまりませんから、さっそくお屋敷へと急ぎましたが、ヒンドリーのことを考えると気の毒でなりませんでした。ヒンドリーの心の中には妻と自分という二つの偶像しか入る余地がなく、それだけに夢中で、奥さんのことは崇拝と言っていいほどでしたので、奥さんを失ったらどう耐えていくのか、わたしには想像もつかなかったのです。

わたしたちが嵐が丘に着いてみますと、ヒンドリーは玄関に立っていました。その脇を通って入る時、赤ちゃんはいかがですか、とわたしは聞きました。

「今にも駆けまわりそうな勢いだよ、ネリー」明るい微笑を浮かべて、ヒンドリーはそう答えました。

「で、奥さまは？」わたしは思いきって訊ねました。「なんでもお医者さまのお話だと……」

「あんな医者なんか知るか！」ヒンドリーは顔を真っ赤にして、わたしの言葉をさえぎりました。「フランシスなら自分でも言うとおり、来週の今頃にはすっかり良くなるさ。これから二階に行くのかい？　それなら奥さんに伝えてほしいんだ、口をきかないと約束するならおれも行くから、とな。どうしてもしゃべるのをやめないんで部屋を出てきたんだよ。静かにしていなけりゃいけないのに。ケネス先生もそう言っていたと伝えておくれ」

わたしは奥さんにそのとおり伝えましたが、奥さんは妙にうわついた様子で、陽気に答えました。

「わたしはほとんど口をきいてなかったのよ、エレン。それなのにあの人、二度も泣きながら出て行っちゃったの。いいわ、話はしないと約束するって伝えて。だけど、あの人のことを笑うのはかまわないわよね」

お気の毒に！　亡くなる一週間前までこの快活さは続きました。日ましに良くなっているのだとヒンドリーも頑固に、いえ、もう必死になって言い張りました。ついにケネス先生の口から、病状がここまで来ると薬も役に立たないし、これ以上の往診も費用の無駄だと言いわたされると、こう言い返したものでした。

「そうでしょうとも。家内はどこも悪くないんだから、往診してもらうには及びませんや！　肺病なんかには一度もかかっていなかったんだ。熱があっただけで、今は引いたし、脈だってぼくと変わらない。頬も同じくらいひんやりしていますよ」

ヒンドリーは奥さんにも同じことを言い、奥さんも信じたようでした。でもある晩、ヒンドリーの肩にもたれた奥さんが、明日は起きられそうよ、と言っている時に咳《せき》の発《ほっ》作《さ》が起こりました。軽い発作でしたのに、ヒンドリーが両腕で抱き起こすとその首に両手をまわされ、そのとたんに顔色が変わって息をひきとられたのです。

手伝いの女の子が言っていたように、生まれた赤ちゃんのヘアトンは、すっかりわたしの手に任されました。赤ちゃんに関してヒンドリーは、元気で泣き声さえ聞こえなければそれで良し、というふうでしたが、自分自身はだんだんと自暴自棄《じぼうじき》になっていきました。悲しみを声に出して嘆く質《たち》ではないので、泣いたり祈ったりするかわりに挑むような悪態をつき、神も人も口汚くののしって、放蕩《ほうとう》におぼれるのです。

身を持ちくずした暴君ぶりに、召使いたちは耐えきれず、ジョウゼフとわたしの二人だけになるのに長くはかかりませんでした。もちろんわたしには、世話を任されている赤ちゃんを置いて出て行くつもりはございませんし、ヒンドリーとは乳兄弟《ちきょうだい》ですから、その品行も他人よりは大目に見ることができました。

ジョウゼフが残ったのは、小作人や畑の手伝い人たちにいばりちらしたいからに決まっております。なにしろ、悪事のたっぷりあるところで、それに小言を言って暮すのがあの人の仕事でございますからね。

一家の主人の乱行や悪友は、キャサリンとヒースクリフにとって立派なお手本になりました。ことにヒースクリフの扱いといったら、聖者も悪魔に変わるひどさです。そして実際、当時のヒースクリフは本当に何か悪魔的なものにでも取りつかれたように見えました。ヒンドリーが救いようもなく堕落するのを見て嬉しがり、日ましに不機嫌に凶暴になってゆくのがわかりました。

あの頃のお屋敷の恐ろしさは、とても口では言い表せないほどでございます。牧師補も来なくなり、まともな人は誰一人寄りつきません。キャシーさんを訪ねてくるエドガー・リントンだけが例外でした。キャシーは十五歳でこのあたりの女王さまになっていて、並ぶ者はありませんでした。傲慢《ごうまん》で我《が》が強いことといったら！　実を言うとわたしは、幼年期を過ぎてからのキャシーが好きになれず、高慢さをくじいてやろうとして、しょっちゅう怒らせたものですが、決して嫌われませんでした。キャシーには昔からの気持ちを不思議と大事にするところがあって、ヒースクリフでさえ、前と変わらず愛されていたのです。ですから、あれほどすぐれたエドガー・リントンでも、ヒースクリフほど強くキャシーの心をつかむのは大変でした。

　そのリントンさんというのが、亡くなるまでわたしのご主人だった方で、その暖炉の上の肖像画がそうなんでございますよ。前にはもう一方の側に奥さまの肖像もかかっていましたが、そちらははずされてしまいました。今もあれば、どんな方だったか見ていただけましたのにね。あの絵、よくご覧になれますでしょうか？


　ディーンさんはろうそくを高く掲げてくれた。優しい顔立ちの人物だ。嵐が丘にいた若い婦人にとてもよく似ているが、あの人より物思わしげで、気立てもよさそうに見え、感じのよい肖像画だった。長い金髪がこめかみのあたりでわずかにカールし、大きな目はまじめで、優雅すぎるほどの姿である。こんな人物のためなら、キャサリン・アーンショーが幼馴染《おさななじみ》を忘れたとしても不思議ではないと思われた。むしろ、この容姿にふさわしい心を持つような男が、ぼくの想像するキャサリン・アーンショーのような女を愛したことのほうが不思議だった。

「とても感じのいい肖像画ですね。よく似ていますか？」とぼくはディーンさんに聞いた。

「ええ、生気《せいき》がみなぎるといっそうご立派でした。これはいつものお顔で、ふだんは活気に乏しいほうでいらっしゃいましたから」

キャサリンはリントン家で五週間過ごして帰宅してからも、向こうとのおつきあいを続けていました。リントン家の人たちの前で粗野な面は見せたいと思いませんし、いつも丁重《ていちょう》な扱いを受けながら無作法な態度では恥ずかしいという気持ちがありますから、そつなく誠実にふるまいまして、はからずもリントン夫妻を欺《あざむ》き、イザベラに崇拝され、エドガーの心をとらえることになりました。野心のある子なのでこれに得意になり、人をだますつもりもなく、いつのまにか二重人格的な言動を身につけてしまったのでしょう。

ヒースクリフが「卑しい悪党」とか「獣にも劣るやつ」と呼ばれるのを耳にするリントン家では、同じような振舞いをしないようにキャサリンも気をつけますが、家に帰れば笑われるだけですから上品な物腰などやめてしまいます。おとなしくしていたところで誰からも認めてもらえず、ほめてももらえませんから無駄なことです。

エドガー坊ちゃんが勇気をふるいおこして嵐が丘を公然と訪ねてこられることはまれ

でした。ヒンドリーの世評におびえ、会うのを恐れていたからです。でも、いらした時にはいつも礼儀を尽くしてお迎えいたしました。ヒンドリーもエドガーの訪問の理由はわかっていましたから、いやな思いをさせないように気をつけましたし、愛想よくできないと思えば顔を出しませんでした。エドガーの来るのをいやがっていたのは、むしろキャサリンだったと思います。策を弄《ろう》したり媚《こび》を売ったりする子ではありませんので、とにかくヒースクリフとエドガーが顔を合わせるのを好みませんでした。エドガーの前でヒースクリフが見下すようなことを言っても、陰口の時のように同意できませんし、エドガーがヒースクリフへの嫌悪《けんお》や反感をあらわにしても、幼友だちがどう思われようとかまわないわ、というような知らん顔をしていられなくなってしまうからです。キャサリンはわたしに笑われたくない一心で、いろいろな悩みや苦労を隠していましたが、わたしの目はごまかせません。見つけては笑ってやったものです。こう申しますとずいぶん意地悪なようですが、あの子があまりにも高慢なので、もっと謙虚になってくれない限り、苦労しているのを見てもとても同情する気になれなかったのです。

　でも結局は、わたしを信頼して心を打ち明けてくれる時が来ました。相談相手がわたし以外に誰もできなかったからです。

ある日の午後、ヒンドリーは外出し、ヒースクリフはそれをよいことに仕事をさぼることに決めてしまいました。ヒースクリフはその頃、十六歳になっていたと思います。顔立ちが悪いわけではないし、知能が遅れているわけでもないのに、外見も精神もわざわざ人から反感をもたれるように意図しているようでした。今のあの人からは想像もつきませんが……。

まず第一に、小さい頃の教育の成果をすっかりなくしていました。朝早くから夜遅くまで続く重労働のせいで、昔の知的好奇心は消えうせ、書物や勉強を愛する気持ちもなくなっていたのです。大旦那さまにかわいがられて心に芽ばえた優越感も失われました。勉強でキャサリンに遅れないようにと長い間頑張っていましたのに、無念ながらもう仕方ないとあきらめてしまいました。すっかりあきらめて、以前の水準以下になるしかないと悟ると、どう説き伏せられても向上心は起こらないようでした。やがて精神的堕落が外見にも表れ始め、だらしない歩き方や品のない顔つきに変わってきました。もともと内気な性格でしたのが、いっそうひどくなって、人を寄せつけない陰気な人間になり、自分を知っているわずかな人たちから、敬意ではなく反感を向けられるのを喜ぶような暗い性質になっていったのでございます。

仕事のない時にキャサリンと一緒にいるのは変わりありませんでしたが、キャサリンへの好意を口に出すことはなくなり、キャサリンが優しく手をとったりキスしたりしても、疑わしげな顔で怒ったように身をひいてしまいます。自分にそんな好意を示してみせても何にもならないよ、と言うようでした。さて、さきほどお話しした、ヒンドリーが留守の日のこと、ヒースクリフは仕事をなまけるつもりだと言いに居間に入ってきました。ちょうどわたしがキャサリンの着つけを手伝っていたところへでございます。ヒースクリフが仕事をさぼる気になるとは夢にも思わなかったキャサリンは、お屋敷を一人で独占できるつもりで、エドガー坊ちゃんにヒンドリーの留守を何とか知らせてあり、それを迎える身支度をしていたのです。

「キャシー、午後は忙しい？　どこかへでかけるの？」とヒースクリフは聞きました。

「いいえ、雨がふってるもの」

「じゃ、どうしてそんな絹の服なんか着ているんだい？　誰か来るわけじゃないよね？」

「お客があるとは聞いてないけど……」キャサリンは口ごもりながら答えました。「まだ畑に行かなかったの、ヒースクリフ。お昼がすんで一時間もたつのよ。行ったのかと思ってたわ」

「いまいましいヒンドリーのやつが留守にしてくれるなんて、めったにないことだからね。今日はもう仕事はしない。君と一緒にいるよ」

「あら、ジョウゼフが言いつけるわ。行ったほうがいいわよ」

「ジョウゼフならペニストンの岩山の向こう側で石灰を荷車に積む仕事中だよ。暗くなるまでかかるから、わかるわけないさ」

ヒースクリフはそう言いながら火のそばにのんびりと近づいて腰をおろしました。キャサリンは眉をひそめて少し考えています。邪魔が入らないように何か手を打つ必要ができたからです。

「イザベラとエドガーが午後から来るっていう話だったわ」キャサリンはそう口を切りました。「雨だから来そうもないけど、来るかもしれない。もし来たら、なまけ者だってまた叱られるわよ」

「用事があるってエレンに言わせればいい。あんなくだらん馬鹿どものためにおれを追い出すなんてやめてくれよ。おれだって時々、文句の一つも出そうになるんだ。だってあいつらときたら……いや、言うのはよそう」

「あの人たちがどうだって言うの?」キャサリンは困ったような顔つきでヒースクリフを見つめて言いました。それから今度は「だめよ、ネリー」といらだったように言って、わたしの手からいきなり頭を振り払いました。「そんなにとかすから、せっかくのカールがのびちゃったじゃないの! もういいからさわらないで。それで、ヒースクリフ、どんな文句なの?」

「なんでもないよ。ただ、あの壁の暦を見てくれればいい」ヒースクリフは窓のそばにかけてある、枠入りの暦を指さしました。

「×印は君がリントン兄妹と過ごした晩で、小さい点をつけてあるのはおれと過ごした晩なんだ。わかる? 毎日つけてきたんだよ」

「そう、でもばかみたい。わたしは気にもかけていないのに!」キャサリンはすねたように答えました。「それで、どんな意味があるの?」

「おれは大いに気にかけてるっていう証拠さ」

「じゃ、わたしはいつもあんたと一緒にいなくちゃいけないってわけ?」いっそういらだってキャサリンは言いました。「一緒にいたら、わたしにどんな得があるの? あんた、どんな話をしてくれる? 言うことだって、することだって、ちっともおもしろくないじゃないの。口のきけない人か赤ん坊と同じだわ」

「キャシー、おれが口をきかないとか、おれと一緒にいるのがいやだとか、今まで君は一度も言ったことないぜ」ヒースクリフも心が激するままに、大きな声を出しました。

「何も知らない、何も言わない人じゃ、一緒にいることにもならないわよ」キャサリンはつぶやきました。

ヒースクリフは立ち上がりましたが、心の中をそれ以上言う暇もなく、敷石道に馬の蹄《ひづめ》の音が聞こえ、続いて穏やかなノックの音がしました。思いがけない招きを受けた喜びに顔を明るく輝かせて、エドガー坊ちゃんが入って来たのです。

入って来るエドガーと出て行くヒースクリフ——二人の違いを、キャサリンはこの時、はっきり認めたことでしょう。それはちょうど、荒涼たる炭鉱地帯の丘陵を、美しく肥《ひ》沃《よく》な渓谷《けいこく》と入れ替えたような違いです。容貌ばかりか、声やご挨拶まで二人は正反対でした。エドガー坊ちゃんは優しい静かな話し方で、発音はロックウッドさまに似ていました。穏やかで、この土地の者のような荒々しさがないのです。

「来るのが早すぎたかな？」坊ちゃんは、わたしをちらりと見て言いました。わたしはお皿を拭いたり食器棚の向こう端のひき出しを片付けたりし始めたところでした。

「いいえ」とキャサリンは答え、「ネリー、そこで何してるの？」とわたしに聞きました。

「わたしの仕事ですよ」もしエドガーがこっそり訪ねてきたら、二人だけにせず、そばにいるようにとヒンドリーに言われていましたので、わたしはそう答えました。

キャサリンはわたしのうしろへ来ると、不機嫌な声でささやきました。「ふきんを持って向こうへ行って！　お客さまがみえているのに、その部屋で召使いがお掃除なんか始めるんじゃないの！」

「旦那さまがお留守で、ちょうどいい機会なんです」わたしははっきりした声で答えてやりました。「いらっしゃる時に目の前でそわそわ働くとお怒りになりますから。でも、エドガーさんはきっと許して下さるでしょうよ」

「わたしだって目の前でそわそわしてほしくないわ」エドガーに答える隙《すき》も与えず、キャサリンは偉そうに言い放ちました。ヒースクリフとの口げんかで失った心の落ち着きを、まだ取り戻していなかったのです。

「申しわけありませんね、お嬢さん」わたしは答えて、せっせと働き続けました。

エドガーからは見えないと思ったのでしょう、キャサリンはわたしの手からふきんをひったくると、これでもかというほど力一杯、わたしの腕をつねり上げたのです。申し上げたように、わたしはキャサリンが大好きとは言えず、時折虚栄心をくじいてやることに満足を覚えておりました。その上あまりにも痛かったものですから、ひざまずいていた姿勢から勢いよく立ち上がって金切り声で言いました。

「まあ、お嬢さん、なんてひどいことを！　人をつねるなんて承知しませんよ！」

「さわってもいないじゃないの、嘘つき！」キャサリンはもう一度つねりたくて指をうずうずさせ、怒りで両耳を真っ赤にして叫びました。激情を隠せたためしがなく、必ず顔が火のように赤く染まるのです。

「じゃ、これは何です？」わたしはつねられて紫色になったところを、証拠としてつきつけました。

キャサリンはじだんだを踏み、一瞬ためらいましたが、負けん気の強さが出て、わたしの頰を涙が出るほどぴしゃりと平手で打ちました。

「キャサリン、ねえ、キャサリンったら！」エドガーが思わず口をはさみました。崇拝するキャサリンが嘘をつき、暴力をふるうのを見て、大きなショックを受けたのです。

「エレン、部屋から出て行って！」キャサリンは身体を震わせながらそう繰り返しました。

どこへでもわたしについてくるヘアトン坊やが、この時もわたしのそばの床にすわっていましたが、わたしの涙を見て泣き出し、「意地悪のキャシーおばちゃん」がいけないんだ、などと言って泣きじゃくったので、キャサリンの怒りを招くことになってしまいました。キャサリンは坊やの両肩をつかんで、顔が青くなるまでゆすったのです。坊やを救おうとしてエドガーが思わずキャサリンの両手をおさえますと、たちまちふりほどかれた片手が、驚くエドガーの横っ面にとびました。それも本気で打ったとしか思えない強さです。

エドガーはあっけにとられて後《あと》ずさりしました。わたしはヘアトン坊やを抱いて台所へ行きましたが、居間との間のドアは閉めないでおきました。二人がどう仲直りするか知りたかったからです。

侮辱を受けたエドガーは青い顔で唇を震わせ、帽子を置いた場所に歩いて行きます。

「そう、それでいいんですよ。わかったでしょうからお帰りなさい。ちらりとでもあの子の本性を見られて良かったじゃありませんか」とわたしは心の中で申しました。

「どこへ行くの?」キャサリンはドアに近づきながら聞きました。

エドガーは身をかわして通り抜けようとします。

「帰らないで！」キャサリンは強く言いました。

「帰るしかないよ」エドガーはおさえた声で答えました。

「いいえ、まだだめだわ、エドガー・リントン」キャサリンはドアのハンドルを握って頑張りました。「すわってちょうだい。そんなふうに怒ったまま帰るなんてだめよ。わたし、一晩じゅうみじめな気持ちになってしまうじゃないの。あなたのせいでそんな思いはいやだわ」

「ぶたれて帰らずにいられると思う？」

そう聞かれて、キャサリンは何も言えません。

「君のことが恐ろしく、恥ずかしくなったんだ。ここには二度と来ないよ」

キャサリンは涙で光る目をしきりにまばたきし始めました。

「それに、君はわざと嘘をついた」

「いいえ、そんなことしてないわ！」ようやく口がきけるようになって、キャサリンは言い返しました。「もういい、帰りたいなら帰って。帰ってよ！　わたしは泣くから。泣いて泣いて変になるまでね」

そして椅子のそばにひざまずくと、本当に悲しそうに泣き始めました。エドガーは言葉通り出て行きましたが、中庭まで行ってためらっているではありませんか。わたしはその背中を押すような気持ちで、こう声をかけました。

「お嬢さんはとてもわがままなんでございますよ。すっかり甘やかされた子供みたいにひどいもので。もう馬に乗ってお帰りになって下さいませ。さもないとわたしたちを困らせたいばかりに、具合が悪くなったなどと言いかねないお嬢さんですから」

それでも気立ての優しいエドガーは、横目で窓のほうを見ています。半殺しのねずみや食べかけの小鳥が気になってその場を離れがたい猫のように、エドガーもどうしても立ち去ることができないのでした。

ああ、これでは助けようがない、不幸な運命に自分からとびこんでしまう、とわたしはそれを見て思いました。

そしてまさにその通り、エドガーはいきなり振り向くと、急いで中に戻ってドアを閉めました。しばらくたってヒンドリーがひどく酔って帰宅し、酔えばいつものことですが何をするかわからない荒れようだったので、そのことを知らせに行ってみますと、二人は喧嘩《けんか》のせいでかえって親密になったのがわかりました。若者らしい内気さの壁がとれ、友情という仮面の陰にあった愛情をうちあけるきっかけになったのでしょう。

ヒンドリーが戻ったという知らせでエドガーはすぐに馬のところへ、キャサリンは自分の部屋へと走りました。わたしはヘアトン坊やを隠してから、ヒンドリーの鳥撃ち銃の弾丸を抜こうと急ぎました。興奮して正気を失うとヒンドリーは銃をふりまわし、気にさわる相手から、果ては目についたという理由だけのものにまで銃口を向けかねません。万一引き金を引くことがあっても大事に至らないよう、弾丸を抜く策に出ようとしたのでございます。

第九章

ヒンドリーは、聞くだけでも恐ろしいののしりの言葉をわめき散らしながら入って来ると、わたしがヘアトン坊やを台所の戸棚に隠そうとしているところを見つけました。ヒンドリーは野獣のようにかわいがったり、狂人のように怒ったりしますので、坊やは当然そのどちらもひどく恐れています。かわいがられる時には息が止まるほど抱きしめられたりキスされたりしますし、怒っていれば暖炉に投げ込まれるか壁にたたきつけられるか、わかったものではありません。それで坊やはかわいそうに、わたしがどこにおいても、そこでじっとおとなしくしているのでした。

「そうれ、とうとう見つけたぞ！」ヒンドリーは大声でそう言いながら、犬でもつかまえるようにわたしの首すじをつかんで引っ張りました。「お前たち、こっそりしめし合わせてこの子を殺すつもりに違いないな。どうりでいつも子供の姿が見えんと思ったぜ。だがな、ネリー、悪魔の助けでおれはお前に肉切りナイフをのませてやる。笑いごとじゃない。なにしろ、ケネスのやつをたった今、ブラックホースの沼に頭からたたきこんできたところよ。一人も二人も同じことだ、お前たちの誰かを殺してやる。やらなきゃおさまらん」

「でも、ヒンドリーさん、ナイフはいやですよ。燻製《くんせい》ニシンを切ったばかりのナイフですからね。できれば鉄砲にしていただきたいものです」とわたしは答えました。

「お前なんか地獄行きにしてやる！　待ってろよ。だいたいイギリスにはな、自分のうちをきちんとしちゃいかんという法律なんかないんだ。しかも、このうちのひどさときたら！　よし、口をあけろ」

そう言ってヒンドリーはナイフを持ち、刃先をわたしの歯の間に押し込みました。でも、ヒンドリーのこんな奇行をこわがるようなわたしではございません。ぺっと吐き出して、はっきり言いました。まずくて、とてもいただけませんわ、と。

「そうか、あのいやな面《つら》をした悪餓鬼《わるがき》はヘアトンじゃなかったのか。悪かったな、ネリー」ヒンドリーはわたしを放しました。「ヘアトンなら生皮《なまかわ》をはいでやるところだ。おれが帰ったのに駆け寄りもせず、ばけものでも見たように泣き叫ぶようなやつには、それが当然の報《むく》いだぜ。かわいくない餓鬼め、こっちへ来い！　おやじの人のよさにつけこんでいい気になっていると、ただじゃおかんからな。ところで、こいつ、耳でも切ったらもっとハンサムになると思わんかね？　犬も耳を切ると荒々しくなるぞ。おれは荒々しいのが好きだ。はさみをとってくれ。荒々しくてさっぱりしているのがいい。第一、耳を大事にするなんて、いまいましい気どりだ。とんでもないうぬぼれだ。耳なんかなくっても、みんなロバと変わらん馬鹿ぞろいなんだからな。黙れ、小僧、黙るんだ！　よし、それでいい。泣くんじゃないぞ。さあ、いい子だ、キスしておくれ。なんだ、いやだと？　キスしろ、ヘアトン。こいつ、しないか！　ちくしょう、こんなやつを育てるとはな！　こんな餓鬼なんぞ、首をへし折ってやるから見てろよ」

かわいそうにヘアトンは、父親に抱かれて泣きわめき、足を力一杯ばたばたさせていましたが、二階へ運ばれて階段の手すりの外へさし出されると、いっそう激しく叫び始めました。そんなことをなさると坊やがおびえてひきつけを起こしますよ、と大声で言いながら、わたしは助けに駆けつけました。

そばに行きますと、ヒンドリーは手すりから身を乗り出して階下の物音を聞こうとしており、子供を抱いていることも忘れかけているほどです。

「あれは誰だ？」そう訊ねたのは、誰か階段の下に近づくのが聞こえたからでした。

わたしにはヒースクリフの足音だとわかりましたので、来てはだめという合図をしようと、同じように身を乗り出しました。ところが、わたしが一瞬目をはなしたその時に、坊やは急に身体をそらせ、無造作《むぞうさ》な抱き方をしていた父親の腕をすり抜けて下へ落ちて行きました。

冷やりとしたのとほとんど同時に、わたしたちは坊やの無事を確かめました。落ちてきた時、ヒースクリフがちょうどその下へ来て本能的に坊やを受け止めたのです。ヒースクリフは坊やを床に立たせてから、誰のせいかと上を見上げました。

そこにいたのがヒンドリーだと知った時のヒースクリフのぽかんとした顔といったら、五シリングで人に譲った富くじが五千ポンドの当り札だったと翌日わかった守銭奴《しゅせんど》以上のものでした。自分で自分の復讐《ふくしゅう》を阻《はば》んでしまった無念さが、言葉よりはっきりとあらわれている表情でした。もしも暗かったなら、ヘアトンの頭を階段にたたきつけて、すぐに失敗を取り返していたことでしょう。でも、ヘアトンが助かったのをわたしたちは見てしまいましたからそんなわけにもいきません。わたしはすぐに下へおりて、人事な坊やを抱きしめたのでございます。

ヒンドリーは酔いもさめたようで、きまりの悪い様子でゆっくりおりてきました。

「お前のせいだぞ、エレン。隠しておけばいいのに、おれに抱かせておくから悪いんだ。どこもけがはないか？」

「けがですって？」わたしは腹を立てて、大声で言いました。「死んでしまうか白痴になっていたか、どっちかのところですよ！　まったくねえ！　坊やにこんなことをなさって、よく奥さんがお墓から起きていらっしゃらないものだと思いますわ。異教徒より悪いじゃありませんか。血を分けた我が子をあんな目にあわせるなんて」

坊やはわたしに抱かれてこわさがおさまり、泣きやみかけていましたが、ヒンドリーが手をのばして指先が触れたとたんに、前より大きな声で泣き叫び、激しくもがいてひきつけを起こしそうになりました。

「この子に手を出さないで下さい」とわたしは言いました。「この子はあなたが大嫌いなんです。みんなだってそうですわ、本当を申しますとね。なんてお幸せなご家庭、なんてすてきなご身分でいらっしゃいますこと！」

「いや、おれはもっとすてきなご身分になりそうだよ、ネリー」人の道を踏みはずした男、ヒンドリーは、いつもの苛酷さを取り戻し、笑いながら言いました。「今はとにかく、坊主をつれてあっちへ行け。それにヒースクリフ、よく聞くんだ、お前もおれの手の届かんところ、声の聞こえんところにさっさと消えろ。今夜は殺さないが、ひょっとするとこの家に火をつけるかもしれん。それもおれの気分次第だな」

そう言いながらヒンドリーは、ブランデーのパイント瓶《びん》を食器棚から取り出し、タンブラーに注ぎました。

「もういけません、ヒンドリーさん。どうか目をさまして下さいまし。たとえご自分のことはかまわないとしても、せめてこのかわいそうな坊やのことを考えて」とわたしは懇願しました。

「こいつのためを思うんなら、おれに任せるのが一番まずいってものだぜ」

「じゃ、ご自分の魂を大事にして下さいな」ヒンドリーの手からタンブラーをとり上げようとしながら、わたしは言いました。

「ごめんだね。それどころか、神への懲《こ》らしめにこんな魂なんか地獄の底に送ってやれたら嬉しいくらいのものさ」ヒンドリーは不敬なことを口走りました。「さあ、地獄落ちの魂に乾杯だ!」

ブランデーを飲んで、「早く失《う》せろ!」とわたしたちをせきたてましたが、最後に並べたてた呪《のろ》いの言葉の恐ろしさ、思い出すことも繰り返すこともできないほどでございます。

「あいつも酒で死ねないのは気の毒だよ」ドアが閉まると、ヒースクリフは呪いを返すようにつぶやきました。「あんなにがぶがぶ飲んで頑張っているのに、身体が丈夫で死ねないんだな。あいつはギマートンからこっちで一番長生きしたあげく、白髪になる歳まで罪深いことを重ねてからようやく墓場行きだ、雌馬一頭賭《か》けてもいいってケネス先生も言ってるよ。よっぽど幸運な事故にでもあわない限りはね」

わたしは台所へ行って腰をおろし、坊やを寝かしつけようとしました。ヒースクリフはそこを出て納屋へ行ったとばかり思っていたのですが、実は長椅子の向こうにまわって、暖炉から離れた壁ぎわのベンチに寝そべって静かにしていたのでした。これはあとになってわかったことです。

わたしはヘアトンを膝にのせてゆすりながら、小声で歌い始めました。

夜ふけに泣く子の声がする
お墓の母さん聞こえたか

するとその時、自分の部屋で騒ぎを聞いていたキャシーさんが顔をのぞかせて、そっと訊ねました。

「ネリー、今ひとりなの？」

「ええ、ひとりですよ」

わたしがそう答えると、キャシーは入ってきて炉辺に近づきました。何か言い出すのだろうと思って見上げますと、不安げで困ったような表情を浮かべていました。何か言おうとするように唇を少し開き、息を吸い込みましたが、言葉のかわりに出たのはため息だけです。

わたしは歌の続きを歌い始めました。さっきキャシーに受けた仕打ちが忘れられなかったからです。

「ヒースクリフはどこ？」わたしの歌をさえぎるようにキャサリンは訊ねました。

「馬屋で働いているんじゃないかしら」

わたしがそう答えた時もヒースクリフは声をあげませんでした。うとうとしていたのかもしれません。

またしばらく沈黙が続きました。気がつくとキャサリンの頰を伝って涙が一粒二粒、床石にこぼれ落ちています。

さっきの恥ずべきふるまいを後悔しているのかしら、そうだとしたら珍しいことだけど、言いたければ自分で言い出すのね、こちらから手を貸してはあげませんよ、とわたしは心の中で思っておりました。

ところがやはりキャサリンは、自分にかかわることでなければ悩んだりするはずはなかったのでございます。

「ああ、わたし、とても憂鬱なの」キャサリンはようやく言い出しました。

「それはお気の毒に」とわたしは答えました。「あなたって気むずかしい人ですねえ。お友だちはたくさんいて、苦労はなくて、それでも満足できないとは」

「ネリー、秘密を守ってくれる?」キャサリンはわたしのそばにひざまずき、愛らしい目でわたしの顔を見上げました。こちらがどんなにもっともな理由で怒っていても、思わず機嫌を直さずにはいられないような、そんな表情を浮かべた目です。

「守る価値のある秘密なんですか?」わたしは少し和《やわ》らいだ声で聞きました。

「そうよ、悩みの種になっていて、打ち明けずにはいられないわ。どうしたらいいかと思って。あのね、今日エドガー・リントンに結婚を申し込まれて、もう返事をしてしまったの。なんて返事をしたか話す前に教えて、イエスとノーのどっちにするべきだったか」

「まあ、お嬢さん、そんなことわたしにわかるわけがないじゃありませんか。でも、今日の午後あの方の前で見せた振舞いを考えると、お断りするのが賢いかもしれないと思いますよ。あんな騒ぎのあとでプロポーズなさったとすると、どうしようもないお馬鹿さんか、考えなしの向こう見ずな人か、そのどちらかに決まってますもの」

「そんなこと言うんなら、これ以上話さないわ！」キャサリンは怒ってそう言うと立ち上がりました。「わたし、承諾したのよ、ネリー。それでよかったかどうか、早く言って」

「承諾なさった？　それならいまさら話し合っても仕方ないじゃありませんか。もう約束なさったものを、取り消すことはできませんから」

「でも、それでよかったかどうか、言ってちょうだいよ。さあ！」キャサリンは眉をひそめ、いらだたしげに両手をこすりながら、声を大きくして催促しました。

「その質問に正しく答えるためには、考えなくちゃならないことがたくさんありますよ」わたしは少しもったいをつけて答えました。「まず第一に、エドガーさんを愛していますか?」

「決まってるじゃないの。もちろん愛しているわ」

そこでわたしは、次のような質問を並べてキャサリンの気持ちを問いただしました。わたしも二十二歳の娘でしたから、無理もないことと言えましょう。

「なぜ愛しているんですか、お嬢さん」

「ばかなこと聞かないで。愛していればそれでいいでしょう?」

「よくありません。理由をおっしゃい」

「そうね、ハンサムで、一緒にいると楽しいから」

「それじゃだめです」わたしはそう言ってはねつけました。

「それに、若くて陽気だし」

「まだだめですね」

「それに、わたしのことを愛してくれているから」

「今頃その答えが出るようじゃ、どうかと思いますよ」

「それから、あの人は将来お金持ちになるでしょう? そうしたらわたしはこのへんで一番の地位の夫人だし、そんな夫をもって得意になれるわ」

「それこそ一番だめな理由です。それでエドガーさんをどんなふうに愛しているんですか?」

「みんなと同じふうによ。ネリーったらお馬鹿さんね」

「とんでもない。さあ、答えて」

「あの人の踏む地面も、頭の上の空も、あの人の触れるすべてのもの、口から出るすべての言葉を愛しているわ。表情もしぐさも、何もかもそっくり愛してる——これでどう?」

「どんな理由で?」

「いやだわ。からかってるのね。すごく意地が悪いわ。わたしにとっては冗談じゃないのに!」キャサリンは顔をしかめて、火のほうを向きました。

「全然からかってなんかいませんよ」とわたしは答えました。「結局エドガーさんを愛しているのは、あの方がハンサムで、若くて、陽気で、お金持ちで、あなたを愛して下さっているから、というわけですね。でも最後の理由はなくても同じでしょう。だって、それがなくてもたぶん気持ちに変わりはなかったでしょうし、逆にそれがあったって、前の四つの理由が欠けていたら、愛する気持ちにならなかったでしょうからね」

「そうね、きっとそうだわ。あわれむだけだったでしょうよ。もし醜《みにく》い無骨者《ぶこつもの》だったら大嫌いになっていたかもしれない」

「でも世の中には、ハンサムでお金持ちの若い人がほかにもいますよ。ひょっとしてエドガーさんよりハンサムで、もっとお金持ちの人もいるかもしれません。そういう人を愛してもいいんじゃありませんか？」

「いたって出会うことがなければどうにもならないわ。エドガーのような人には会ったことがないんですもの」

「これから出会うかもしれません。エドガーさんだっていつまでも若くてハンサムでいられるわけじゃないですし、お金持ちでなくなることがあるかもしれませんしね」

「だけど今はそうでしょう？　今がそうならわたしはそれでいいのよ。もっとまともなことを言ってほしいわ」

「そうですか。わかりました。今のことしか考えないのなら、リントンさんと結婚なさいな」

「あんたの許可なんかほしくないわ。エドガーと結婚するつもりなんだから。だけど、わたしの決心が正しかったかどうか、まだ答えてくれてないわね」

「正しいですとも——今のことだけ考えて結婚するのが正しいのならばね。さて、それで、さっき憂鬱だと言われたのはなぜなのか、聞かせてもらいましょう。お兄さんは喜ばれるでしょうし、リントン夫妻も反対はなさらないはず。あなたはこの乱れたわびしい家を逃れて、立派なお金持ちの家の人になれるんだし、エドガーさんを愛し、あなたも愛される——すべて好都合に見えますがね。どこに問題があるんですか?」

「ここと、ここに」キャサリンは片手で額を、もう一方の手で胸をたたいて、そう言うのです。「魂がどっちにあるのかわからないけど、魂と心では思うのよ、わたしは絶対にまちがっているって」

「それは妙ですね。わたしにはわけがわかりません」

「わたしの秘密なの。でも、もし馬鹿にして笑ったりしないなら話すわ。はっきり説明はできないけれど、わたしの気持ちを言うから」

キャサリンはまたわたしの横にすわりました。顔つきが悲しげになって深刻さを増し、握りしめた両手が震えていました。

「ネリー、あんたは変な夢を見ることはない?」キャサリンは、しばらく考えた末に、急にそんなことを訊ねました。

「ええ、時々ありますけど」

「わたしもそう。見たあともずっと忘れなくて、そのために考えまで変わったような夢をいくつか見ているのよ。水に垂らしたぶどう酒が水の色を変えるみたいに、そういう夢はわたしの心にしみわたって、色を変えたんだわ。これから話すのもそんな夢の一つだけど、絶対に笑わないでね」

「いえ、話すのはやめて下さいな」わたしは思わず大きな声で止めました。「わたしたちはもうすっかり暗い気持ちになっているんですから、幽霊や幻を呼び出してこれ以上悩まされるのはごめんですよ。さあさあ、いつものように陽気にしましょう。ほら、ヘアトン坊やをごらんなさい。暗い夢なんか一つも見ないで、眠ったまままあんなににこにこ笑ってるじゃありませんか」

「そうね。でもこの子の父さんは一人であんなに悪態をついているわ。あの兄さんだって、ヘアトンみたいに無邪気でぽっちゃりしていた、かわいい赤ちゃん時代があったのよね。ネリーは覚えているんでしょう？　とにかく、わたし、聞いてほしいの。長い話じゃないし、今夜は陽気になんかなれそうもないから」

「いいえ、いやですよ、聞きたくありません」わたしはあわてて繰り返しました。

あの頃のわたしは、夢というと迷信深くなっていまして、今もそれは変わっておりません。その上、キャサリンがいつになく陰気な様子をしているものですから、恐ろしい災《わざわ》いを予見させるような、予言めいた話を聞かされるのではないかと思ってこわかったのです。

キャサリンは困ったようでそれ以上言いませんでしたが、やがて別の話をするかのように話し始めました。

「ねえ、ネリー、わたし、もし天国へ行ったら、とってもみじめな思いをすると思うの」

「それは、天国へ行くのにふさわしくない人間だからですよ。罪深い人はみんな、天国ではみじめになるものでしょう」

「そういうことじゃないの。いつかわたし、天国へ行った夢を見たのよ」

「夢の話はごめんですったら。わたしはこれで休みます」

キャサリンは笑ってわたしをおさえました。わたしが椅子から腰を浮かしたからです。

「なんでもないのよ。ただ、その夢の中で天国にはなじめない感じがしたって言いたかったの。地上に帰りたくて胸が張り裂けるほど泣いたら、天使たちが怒って、わたしを荒野に放り出したんだけど、落ちたところが嵐が丘のてっぺんで、嬉し泣きして目がさめたわ。この夢は、さっき言ったわたしの秘密の説明になるのよ。つまり、わたしは天国暮しに向かないのと同じくらい、エドガー・リントンとの結婚にも向いてないんだわ。向こうにいる意地悪な兄さんがヒースクリフを低い身分にしなかったら、エドガーと結婚しようなんて考えたりしなかったところよ。ヒースクリフと結婚すればわたしも落ちぶれてしまう。だから、愛しているけれど絶対にそうは言わないの。わたしがヒースクリフを愛しているのは、ハンサムだからなんていう理由からじゃないのよ、ネリー。ヒースクリフがわたし以上にわたしだからなの。魂が何でできているか知らないけど、ヒースクリフの魂とわたしの魂は同じ――エドガーの魂とは、月光と稲妻、霜と火くらい掛け離れているのよ」

キャサリンの言葉が終らないうちに、わたしはヒースクリフがいたことに気づきました。かすかな気配を感じてふり返ると、ヒースクリフがベンチから立ち上がり、そっと出て行くのが見えたのです。ヒースクリフと結婚すればわたしも落ちぶれてしまう、とキャサリンが言ったところまで聞いて、それ以上聞かずに出て行ったようでした。

キャサリンは床にすわっていたので、長椅子の背に邪魔されて、ヒースクリフがいたことにも出て行ったことにも気づきませんでした。でも、わたしははっとして、黙って、とキャサリンを制しました。

「どうして？」キャサリンは心配そうにまわりを見まわしました。

「ジョウゼフが戻りました」ちょうどその時、わたしは荷車が帰って来る音を聞きつけて、そう答えました。「ヒースクリフも一緒に入ってくるでしょう。もうドアの外に立っているかもしれません」

「あら、ドアのところじゃ、わたしの話は聞こえやしないわよ。さあ、ヘアトンをかして。夕食の支度をする間預かるわ。用意ができたら、わたしも一緒に食事をさせてね。なんだか気がとがめて落ち着かないから、ヒースクリフは何も知らないと思いたいの。知らないわよね？　恋をするってどんなことかなんて、ヒースクリフは知らないでしょう？」

「あなたが知っているなら、あの子だって知らないわけはないと思いますけど。そして、もしあの子があなたを愛しているとしたら、誰よりも大きな不幸があの子を待ちうけているわけですよ。だって、あなたがリントン夫人になったとたんに、あの子は友だちも愛もすべて失うんですからね。あの子と別れたらあなたもどんなにつらい思いをするか、それからあの子、この世にたった一人でとり残されてあの子がどんな悲しい気持ちになるか、そんなことを考えたことがあるんですか？　なにしろ……」

「別れる？　一人でとり残される？」キャサリンは憤慨して叫びました。「いったい誰がわたしたちを別れさせたりするの？　そんなことしたら大昔のメロスみたいに狼の餌《え》食《じき》にしてやるわ。わたしが生きている限り、たとえ誰のためにだって、ヒースクリフと別れたりしないからね、エレン。リントンと名のつく人が一人残らずこの地上から消えうせたって、ヒースクリフを見捨てたりしないわ。ほんとうに、そんなつもりは全然ないのよ。もしそんな犠牲を払えと言うなら、リントン夫人になんかならないからいい。今までと同じようにこれからも、ヒースクリフは大事な人ですもの。エドガーも反感を捨てて、せめてもう少し辛抱してくれなきゃいけないわ。わたしの気持ちがわかればそうしてくれるでしょうけれど。あら、ネリー、わたしのことをなんて自分勝手な女だろうと思っているのね。だけど、ヒースクリフと結婚したら、わたしたち二人は乞食みたいに貧乏になるっていうことを考えてみたことがある？　エドガーと結婚すれば、ヒースクリフを助けて兄さんから自由にしてやれるわ」

「ご主人のお金でですか？　エドガーさんだって、あなたが思うほどやすやすと言いなりにはならないでしょうよ。わたしなどが申すのもなんですが、エドガーさんと結婚する理由として伺《うかが》った中でも、今のが一番いけないと思いますね」

「そんなことないわ。一番いい理由よ。ほかのはみんな、わたしの気まぐれとエドガーを満足させるだけ。でもこの動機は、エドガーに対するわたしの気持ちをよくわかってくれるヒースクリフのためと、あの子を助けたいわたしのためなんだもの。うまく言えないけれど、自分を越えた自分というものがあるとか、あるはずだとか、あんたも誰でもきっと思っているでしょう？　わたしというものがこの身体におさまっているだけですべてだったとしたら、神さまがわたしをおつくりになった意味がないわ。この世でのわたしの大きな不幸はヒースクリフの不幸そのままだったし、わたしははじめからその一つ一つを見つめて、感じてきたの。この人生で心の中心にいるのはヒースクリフなのよ。たとえほかのすべてが滅びても、ヒースクリフさえいればわたしは存在し続けるし、すべてがそのままでもヒースクリフがいなくなったら、宇宙はひどくよそよそしいものになって、自分がその一部だとは感じられなくなるでしょうね。エドガーへの愛は森の木の葉のようなもの――冬に木の姿が変わるように、時がたてば変わるのがわかっているの。ヒースクリフへの愛は地下で変わることのない岩みたい――目を楽しませはしないけれど、なくてはならないものよ。ネリー、わたしはヒースクリフなの。いつでも必ずヒースクリフはわたしの心の中にいる。わたし自身、自分にとっていつも喜びとは限らないように、ヒースクリフも喜びとしてではなくて、わたしそのものとしてね。だから、わたしたちが別れるなんていう話は二度としないで。あり得ないことだし、それに……」

キャサリンは言葉を切ると、わたしの服のひだに顔を押しつけましたが、わたしはそれをさっとふり払いました。ばかげたせりふにうんざりしたのです。

「意味のないあなたのおしゃべりからわかることがあるとすれば、あなたは結婚にともなう義務というものを知らないか、さもなければ、破廉恥《はれんち》な性悪《しょうわる》娘かのどちらかだということですよ。とにかく、秘密の打明け話はもうけっこうです。守るというお約束はしませんから」

「今の話は秘密にしてくれるでしょう?」キャサリンはすがるように訊ねました。

「いいえ、お約束できません」

キャサリンが重ねて言い張ろうとしているところへジョウゼフが入ってきたので、わたしたちの話はここで打ち切りになりました。キャサリンは隅のほうへ移って、わたしが夕食の支度をする間、ヘアトン坊やのおもりをしてくれました。

夕食ができるとジョウゼフとわたしは、どちらがヒンドリーに食事を運ぶかで言い争いを始め、お料理がほとんど冷めてしまうまで決着がつきませんでした。結局、召し上がるならそうおっしゃるだろうから、それまでそっとしておこうということになりました。なにしろ、ヒンドリーが一人でこもっているところへ入って行くのは、二人とも恐ろしかったのです。

「しかし、あののろまのやつめ、どうしてまだ畑から戻って来ねえんだろう。いったい何してるんだか、大馬鹿ものが!」ジョウゼフはヒースクリフをさがしてきょろきょろしながら言いました。

「呼んでくるわ。きっと納屋だから」

わたしは外に出て呼びましたが、返事はありません。中へ戻ってキャサリンに、ヒースクリフはさっきの話をほとんど聞いてしまったんだと思いますよ、ヒースクリフに対するヒンドリーの仕打ちについて嘆いていたあたりで台所を出て行くのが見えましたから、と小声でささやきました。

キャサリンはたいそう驚いて、はじかれたように立ち上がると、ヘアトンを椅子に放り出しました。自分がどうしてそんなにあわてるのか、自分の言葉がヒースクリフにどんな動揺を与えたのかなどを考える暇《いとま》もなく、ヒースクリフをさがしに走り出して行ったのです。

そのままなかなか帰って来ません。もう待たずに食事にしようとジョウゼフが言い出しました。食前に捧げる自分のお祈りの長さを嫌って二人とも逃げだしたんだろう、と臆測し、「何をするかわからん、困ったやつらだ」などと言って、いつもの十五分ほどの食前のお祈りに、その晩は二人のためのおまけを追加するありさまです。食後のお祈りにもまたおまけがつくところでしたが、ちょうどそこへキャサリンがあわただしく戻って来て、ヒースクリフはどこへ行ったかわからないが、すぐに道へ出て追いかけ、見つけて連れて帰るように、とジョウゼフに命じました。

「寝る前にヒースクリフに話があるの。どうしても言いたいことが。門があいているし、呼んでも声の届かない遠くへ行ったんだわ。羊小屋の先まで行って大声で呼んだのに返事がないんだもの」

ジョウゼフははじめいやがっていましたが、キャサリンは必死で言い張り、耳を貸しません。ついにジョウゼフは帽子をかぶって、ぶつぶつ言いながら出て行きました。

キャサリンは部屋の中を行ったり来たりしながら言い募《つの》るのです。

「どこへ行ったのかしら。いったいどこへ！　わたし、何を言ったの、ネリー、思い出せないわ。お昼からわたしが機嫌を悪くしていたから、怒ったのかしら。ああ、そんなに悲しむなんて、わたしが何をしゃべったのか教えてよ。帰ってくるといいけれど。ほんとうに、帰ってきてほしい！」

「まあまあ、つまらないことに大騒ぎして」そうたしなめたものの、わたしもなんだか不安な気持ちでございました。「なにも心配するほどのことはありませんよ。ヒースクリフが月の光で荒野を散歩に行こうと、ふくれて干草置場に寝ころがってわたしたちを避けていようと、驚くにはあたらないでしょう？　きっと干草置場だわ。すぐに見つけて来ますから、待ってらっしゃい」

わたしはそう言ってさがしに行きましたが、ヒースクリフは見つかりません。ジョウゼフのほうもだめでした。

「あいつ、どんどん悪くなりやがる」ジョウゼフは入ってくるなり言いました。「門を全開にして行っちまうもんだから、嬢さんの子馬が麦を二うねも踏みつけて、牧草地へ逃げ出しちまった。明日旦那にわかれば、さぞかしかんかんになって怒られることだろうよ。それもあたりまえさ。あんな役立たずのろくでなしに、よく辛抱なさる。まったく旦那は辛抱の塊《かたまり》みたいなものよ。だがな、ずっとそうだと思ったら大間違い。みんな見てるがいいさ。旦那を怒らせたら、ただじゃすまねえから」

「ヒースクリフは見つけたの？　お馬鹿さん」キャサリンはジョウゼフのおしゃべりをさえぎって言いました。「わたしが言ったとおりにちゃんとさがしたの？」

「どうせさがすなら馬をさがしたいね。そのほうがよっぽど利口ってもんだ。第一、馬でも人でも、こんな晩にさがすのは無理に決まっとる。煙突みたいな真っ暗闇なんだから。それに、あいつはわしの口笛ぐらいで出て来るやつじゃない。嬢さんが呼べばいいかもしれんが」

確かに、夏にしては暗い夜で、雷の鳴りそうな気配の雲でした。すわって待ちましょう、雨になれば放っておいても帰って来ますよ、とわたしは言いました。

それでもキャサリンは落ち着こうとせず、門と戸口の間を行ったり来たり、少しもじっとしていられないほど気が高ぶっていました。やがて、道に近い塀の近くに立ちつくし、雷が鳴って大粒の雨が音を立ててふり出しても、わたしの言うことを聞きません。そこを動かず、時々ヒースクリフを呼んでは耳をすませて、人目もはばからず泣きくずれるのです。激した時の泣き方では、ヘアトンばかりかどんな子供でもかなわないほどでした。

真夜中頃、わたしたちはまだ起きていたのですが、嵐が猛烈な勢いで嵐が丘を襲いました。雷も風も激しく、そのどちらかがお屋敷の隅の木を引き裂いたため、大枝が一本、屋根に倒れかかって東側の煙突の一部がこわれました。台所の炉の中へ石やすすがからからと落ちてきます。

わたしたちのいる真ん中に雷が落ちたのかと思うほどでした。ジョウゼフはあわてて膝をつき、どうか神様、族長ノアやロトを思い出され、その昔のように、罪深き者は打たれるとも、正しき者はお助け下さいまし、と祈り始めました。これは神さまがわたしたちにくだされた審判に違いない、とわたしもそんな気がしました。神にそむくヨナといえばヒンドリーですから、まだ無事でいるかしらと思って、ヒンドリーの部屋のドアのハンドルをゆすってみますと、返事は聞こえました。ただしその口ぶりときたら、ジョウゼフがいっそう声を張り上げて、自分のような聖者と主人のような罪人とははっきり区別していただきたいと祈り出すほどでした。やがて二十分もすると嵐はおさまって、わたしたちは無事でしたが、キャシーだけは頑固に外にいたせいで全身ずぶ濡《ぬ》れでした。

ボンネットもかぶらず、ショールもかけずに立っていましたから、髪と服は雨を含めるだけ含んでいます。

キャシーは入ってくると、ぐっしょりと濡れたままの身体で長椅子に横になり、椅子の背に顔を向けて両手でその顔をおおいました。

「まあまあ、お嬢さん」わたしはキャシーの肩に手を置いて言いました。「死にたいというわけじゃないでしょう？　いま何時だと思います？　十二時半ですよ。さあ、もうお休みなさい。あんな馬鹿な子をこれ以上待ってみたって無駄ですよ。きっとギマートンへでも行って、泊まってくるんでしょう。わたしたちがこんなに遅くまで起きて待っているなんて思いもよらず、起きているのはヒンドリーさんだけだと決めこんで、ヒンドリーさんにドアをあけてもらうくらいなら、と考えたんでしょうよ」

「いやいや、ギマートンなんぞには行ってない」ジョウゼフが言い出しました。「きっと沼地の穴に落ちているに違いない。さっきの神さまの訪れはただごとじゃないからな。嬢さん、あんたも気をつけるがいい、次はあんたかもしれんから。ともかくもありがたいことじゃ。神さまに選ばれ、塵《ちり》あくたの中から救われた者には、すべてうまく運ぶっていうわけでな。聖書にも書いてあるだろうが……」

ジョウゼフは聖書の言葉をいくつか引き合いに出し、何章何節にあるなどと説明し始めました。

わたしはキャサリンに、起きて濡れた服を脱ぎなさいとさんざん言いましたが、キャサリンは強情で、言うことを聞きません。どうしようもないので、お説教をしているジョウゼフと震えるキャサリンをそのままにして、わたしはヘアトン坊やと一緒に寝室へ上がりました。坊やはまるでまわりの者がみんな眠っているかのように、すやすや眠っています。

しばらくの間聖書を読むジョウゼフの声が聞こえてきましたが、やがてゆっくりはしごを上る足音がしたと思ったら、わたしも寝入ってしまいました。

翌朝、いつもより少し遅く下へおりて行きますと、よろい戸の隙間から入る光で、キャサリンがまだ炉辺にすわっている姿が見えました。居間の扉も少し開き、あいたままの窓から光がさしこんでいます。ヒンドリーも起きていて、やつれた眠そうな様子で台所の炉辺に立っていました。

「どうした、キャシー、溺《おぼ》れた子犬みたいにひどいかっこうだぞ。どうしてそんなにぐっしょり濡れて青い顔をしているんだい？」わたしが入って行った時、ちょうどヒンドリーはそう訊ねているところでした。

「雨にあたって濡れたの。それで寒いだけ」とキャサリンは仕方なく答えました。「ちっとも言うことを聞かないんですよ」ヒンドリーの酔いもかなりさめているらしいのを見てとって、わたしは申しました。「ゆうべの雨でずぶ濡れになったのに、そのまま一晩中ここにすわりこんで、いくら言っても動こうとなさらないんです」

ヒンドリーはびっくりして、目を丸くしてわたしたちを見つめました。「一晩中だって？　どうして寝なかったんだ？　雷がこわかったわけじゃあるまい。雷はとっくに鳴りやんでいたんだからな」

キャサリンもわたしも、ヒースクリフがいなくなったことは言いたくありませんでした。できるだけ隠しておきたかったのです。それでわたしは、なぜずっと起きている気になったのか、まるでわかりませんと答え、キャサリンは何も言いませんでした。

さわやかな涼しい朝でした。窓格子をさっと開けると、庭園のよい香りが部屋いっぱいに流れ込んできました。ところがキャサリンは不機嫌な声で言うのです。

「窓を閉めてよ、エレン。こごえて死にそうなんだから」確かにキャサリンは、歯の根が合わないほど震えながら、消えかかっている暖炉の火の前に縮こまっていました。

「これは病気だ」ヒンドリーは妹の手首をとって言いました。

「それで寝なかったんだろう。まったく、なんてこった！　病人はもうごめんだよ。なんで雨の中に出て行ったりしたんだ？」

「またいつものとおり、男どもを追っかけていたんですよ」わたしたちが返事をためらっているのにつけこんで、ジョウゼフがしわがれ声で毒舌《どくぜつ》をふるい始めました。「旦那さま、もしわしだったら、若さまだろうが下男だろうが、やつらの目の前でドアをピシャリと閉めてやりますがね。旦那のお留守の日には必ずあのリントンめがこそこそ忍び込んで来るし、このネリーさんがまたご立派だ。台所にすわって見張り役、旦那さまがこっちのドアからお帰りとあれば、リントンはあっちのドアから消える寸法さ。それから今度はお嬢さまのおでかけ！　夜の十二時すぎにもなって、汚《けが》らわしいジプシー小僧のヒースクリフと二人で外をこそこそうろつきまわるとは、感心な振舞いもいいところよ。わしの目を節穴《ふしあな》と思ったら大まちがい、リントンの若僧が来るのも帰るのも、ちゃあんとこの目で拝見いたしましたよ。それにおまえが(とわたしに向かって)旦那さまの馬の蹄《ひづめ》を聞きつけたとたんに、はしっこく居間へ駆け込むのもな、この役立たずの腹黒女め」

「お黙り、立ち聞き屋！　わたしの前でそんな失礼なことを言わないでよ」とキャサリンは叫びました。「昨日エドガーは偶然来たのよ、兄さん。そして、帰って下さいってわたしが言ったの。兄さんは酔ってたからきっとエドガーに会いたくないだろうと思って」

「嘘をつけ、キャシー」とヒンドリーは答えて言いました。「おまえも馬鹿なやつだ。だが、リントンのことは今はどうでもいい。それよりヒースクリフだ、おまえ、ゆうべはヒースクリフと一緒じゃなかったのか？　さあ、正直に答えろ。あいつをひどい目にあわせたりはしないから、心配するな。確かにあいつは憎いが、息子を助けてもらったばかりとあっちゃ、さすがに良心がとがめて首をへし折る気にはなれんからな。そんなことになる前に、今朝であいつを追い出すつもりなんだ。そうしたらみんな気をつけろ。おれの癇癪《かんしゃく》があいつの分までおまえたちに行くわけだから」

「ゆうべは一度もヒースクリフを見てないわ」キャサリンはすすり泣きながら言いました。「兄さんがヒースクリフを追い出すなら、わたしも一緒に出て行く。でも、もしかすると、追い出そうにももう無理かもしれないわ。どこかへ行ってしまったかもしれないから」やっとそこまで言うとわっと泣き出してしまい、あとの言葉は聞きとれませんでした。

　ヒンドリーは妹を馬鹿にしてさんざんののしった末に、すぐ自分の部屋にひっこめ、さもないとほんとうに泣くような目にあわせてやるぞ、と言います。わたしはキャサリンを無理やり部屋へ連れて行きましたが、行ってからの、普通とは思えないキャサリンの言動は一生忘れられないでしょう。その恐ろしかったこと。気が狂うのではないかと思って、ジョウゼフにお医者を呼んできてと頼みました。

　やはりそれは精神錯乱の始まりでした。ケネス先生は一目見て、重病だと言われました。熱も出ています。

　先生は血をとり、食事には乳漿《にゅうしょう》と薄粥《うすがゆ》を与えるように、階段や窓から飛びおりたりしないよう気をつけて、とわたしに指示を残して帰られました。この教区では家と家とが二、三マイル離れているのが普通ですから、先生も忙しかったのです。

　わたしの看護は決して優しいとは申せませんし、ジョウゼフやヒンドリーも親切なわけがありません。病人は病人でこの上なく強情なわがまま娘です。それでも病気は切り抜けることができました。

　実はリントン家の奥さまが何度も来て下さり、適切な手を打ったり、指図《さしず》をしたり叱ったりして下さったのです。キャサリンが回復期に入るとスラッシュクロスのお屋敷へ連れてくるようにとすすめて下さり、わたしたちはありがたくお受けしました。でも、親切が裏目に出て、奥さまも旦那さまも熱に感染され、数日の間もおかずにお二人とも亡くなってしまいました。

キャサリンは以前より生意気で怒りやすく、傲慢《ごうまん》になって戻って来ました。ヒースクリフは嵐の晩以来、ずっと消息を絶ったままです。ある日のこと、わたしはキャサリンの態度にあまりに腹が立ったので、ヒースクリフがいなくなったのはあなたのせいですよ、と思わず口に出してしまいました。実際そうだということは、キャサリンにもよくわかっていたのですが……。でも、それから数ヵ月というもの、キャサリンは女中としてわたしに用のある時以外は口をきいてくれませんでした。ジョウゼフも謹慎を命じられた形でしたが、平気で思ったままを言い、キャサリンを子供扱いしてお説教します。ところがキャサリンのほうは、もう一人前の大人で、わたしたちの女主人のつもりですし、病気がなおったばかりで、大事にされて当然と思っていました。それにお医者さまからも、怒らせては身体にさわる、好きなようにさせておきなさい、と言われていたものですから、自分に楯突《たてつ》く者は人殺し同然に思えたのでしょう。

キャサリンはヒンドリーやその仲間にも打ち解《うと》けた様子は見せませんでした。ヒンドリーのほうも、ケネス先生から注意を受けている上に、怒ると発作《ほっさ》を起こしやすい妹の体調を心配して、何でも言う通りにし、激しい気性に火をつけることがないようにと心がけていました。むしろ、気まぐれに対して甘すぎるくらいでした。それも愛情からではなくて虚栄心のため――妹がリントン家に嫁《とつ》いで家名をあげてくれるのを望むからなのでした。自分に干渉さえしなければ、妹が召使いを奴隷のように踏みつけにしたって、おれの知ったことか、というわけなのでございますよ。

これまで無数の人たちが経験し、これからも無数の人たちがそうなるのでしょうが、エドガー・リントンもすっかり恋に夢中で、お父さまが亡くなられた三年後、キャサリンの手をとってギマートンの礼拝堂へと導いて行った時には、ご自分を世界一の幸せ者だと信じていらしたのです。

わたしはキャサリンに付いて嵐が丘からこちらへ移るように説得され、しぶしぶそうすることになりました。ヘアトン坊やはもうじき五歳になる頃で、ちょうど文字を教え始めたところでした。坊やと別れるのはつらかったのですが、キャサリンの涙には勝てなかったのです。はじめわたしが行くのを拒《こば》み、いくら頼んでもだめだとわかりますと、キャサリンは夫と兄に泣きつきました。エドガーさんはお給金をはずむからとおっしゃって下さり、ヒンドリーはすぐに出て行けと言います。お屋敷に女主人がいなくなったのだから女手はいらん、ヘアトンの教育はいずれ牧師補に頼むからいい、とのこと。そう言われれば、わたしとしては命令に従うほかありません。こうしてまともな人間をみんな追い出してしまっては破滅が早くなるだけですよ、とヒンドリーに言い残し、ヘアトン坊やにお別れのキスをしましたが、あの時限り、あの子は他人になってしまいました。思えば奇妙な気がしますが、きっとエレン・ディーンのことなどすっかり忘れてしまったでしょう。あの子がわたしにとって、またわたしがあの子にとって、何より大事な存在だった日々のことも。

ここまで語ると、ディーンさんは暖炉の上の時計をちらっと見て、針が一時半を示しているのに驚き、これ以上はたとえ一秒たりともこうしてはいられないと言った。僕自身も、話の続きはまたにしてほしいという気持ちになっていたのは確かだ。そんなわけでディーンさんは自室へ引き取り、ぼくはその後一、二時間思いにふけっていたが、頭も手足もずきずき痛む。ひとおもいに椅子から立ち上がって休むとしよう。

第十章

なんとけっこうな隠遁《いんとん》生活の序曲だろう。病気に苦しみ、寝返りばかりの四週間とは！　寒風、寒々とした北国の空、通れぬ道、そしてのろまな田舎医者！　顔を合わせる人間の数は不足しているし、最悪なのは、春まで外出は無理だろうというケネス先生の恐るべきお達しだ。

ヒースクリフ氏がさきほど見舞いに来てくれた。七日ほど前には、シーズン最後の獲《え》物《もの》になりそうなライチョウをひとつがい届けてくれた。あの悪党め、この病気の責任はあいつにもないわけじゃないんだから、よっぽどそう言ってやろうと思った。だが、どうしてそんな失礼が言えよう。親切にも枕元にたっぷり一時間もすわって、丸薬やら水薬やら発疱剤《はっぽうざい》やら蛭《ひる》やらの話とは違う話をしてくれたのだから。

今では体調も落ち着き、読書をする気力はないものの、何か興味をひかれることがあれば楽しめそうな気がする。ディーンさんを呼んで話の続きを聞かせてもらったらどうだろうか。この前聞いたところまでの主な出来事は覚えている。そう、主人公は出て行って、三年間消息不明、女主人公は結婚したのだった。呼《よ》び鈴《りん》を鳴らしてみよう。ぼくが元気に話せるのを見たら、きっと喜んでくれるだろう。

ディーンさんがやってきた。

「お薬の時間まで、まだ二十分もございますが」

「そんなものはいいんだ。ぼくの望みは……」

「粉薬なら、もう飲まなくていいと先生がおっしゃいました」

「それは嬉しいな。だけど、ぼくの言いかけたことを言わせて下さいよ。さあ、こっちへ来てすわって。そんな薬瓶なんかにさわらずに、ポケットの編み物を出して、そう、それでいい。ヒースクリフの話を続けてくれませんか。この前やめたところから現在までですよ。ヨーロッパで教育の仕上げをして、立派な紳士になって帰って来たとか、大学の特待生になったとか、それともアメリカに渡って祖国イギリスを相手に独立戦争の英雄になったとか。さもなければ、このイギリスの街道で追いはぎでもやって、てっとり早くひと財産築いたかな」

「いまおっしゃったことの全部を、少しずつ一通りやってきたかもしれませんわ、ロックウッドさま。でも、はっきりしたことは申せません。ヒースクリフがどうやってお金を手に入れたのかわからないと前にお話しましたが、それと同じで、野蛮な無知の底に沈んでいた心をどうやって知性の高みへ救い上げたのかも知らないのでございます。それでもとにかく、わたしの話が退屈でないとおっしゃるなら、これまでどおりに続けさせていただきましょう。今朝はご気分はよくなられましたの？」

「ずいぶんよくなったよ」

「それは何よりですわ」

わたしはキャサリンとともにスラッシュクロスのお屋敷へ参りました。嬉しいことにキャサリンの振舞いは、わたしの心配を裏切って、思ったよりはるかに立派なものでした。旦那さまのことは愛しすぎるほどで、妹さんにもたっぷり愛情を注ぎました。もちろん、キャサリンが居心地よく過ごせるように、二人のほうも大変気を配っていました。言ってみれば、茨《いばら》がすいかずらのほうに身をかがめたのではなく、すいかずらが茨を抱きしめたようなものです。お互いの歩み寄りではありません。まっすぐ立った人の前に二人がひれふしたのです。誰だって、抵抗もしなければ冷淡でもない相手に向かって、すねたり怒ったりできるわけがございませんよね？

お見受けしたところ、エドガーさんはキャサリンの機嫌をそこねることを心から恐れておられました。キャサリンには隠していらっしゃいましたが、わたしのつっけんどんな返事が耳に入ったり、召使いの誰かがキャサリンの横柄《おうへい》な命令にいやな顔をするのを見たりなさると、心痛のあまり眉をひそめて渋い顔をなさいました。ご自分のことでは決してお見せにならない表情です。そんな生意気な態度はいけないよ、と何度も厳しくわたしをお叱りになり、妻の不機嫌な顔を見るのはナイフで刺されるより苦しいのだからね、とおっしゃったものでした。

お優しい旦那さまを悲しませないために、わたしもなるべく短気を起こさないように気をつけました。こうして半年の間、火薬のようなキャサリンの気性はまるで砂のように静かでした。爆発を誘う火の気が近くになかったからです。時々憂鬱にとりつかれて無口になることもありましたが、そんな時、旦那さまは同情してそっと見守っていらっしゃいました。以前はふさぎこむことなど一度もなかったのだから、これはあの大病で体質が変わったせいだとお考えになったのです。キャサリンに明るさが戻ると、旦那さまも明るい笑顔になられました。あの頃のお二人は、育ちつつある深い幸福をしっかりと手中に収めていらしたと言ってよいと思います。

でも、その幸福は終りました。結局のところ人間は、誰でも自分自身が一番大事、というわけなのでしょう。穏やかで寛大な人でも、横柄な人に比べてわがままにいくらか筋が通っているだけの違いなのです。自分の関心も相手にとってたいした問題ではないのだと感じざるを得ない情況に置かれて、幸福は終ったのでございます。

気持ちのいい、九月のある夕暮れ時のこと、もいだりんごを入れた重い籠《かご》を持って、わたしは果樹園から戻って参りました。もうあたりは薄暗く、中庭の高い塀の上に出た月の光で、あちこち突き出た建物の隅にぼんやりした影ができていました。わたしは台所口の階段に籠を置くと、少し立ち止まって、かぐわしい空気を何度か吸いこみました。月を見ていたので入口に背を向けていたのですが、その時わたしのうしろで声がしました。

「ネリー、あんたかい？」

声は低く、聞き慣れない口調でしたが、わたしの名前の言い方にどこか聞き覚えがあります。いったい誰かしら、とわたしは恐る恐るふりかえってみました。ドアはどこも閉まっていますし、階段まで来る途中でも誰も見かけなかったからです。

ポーチで何か動くものがあります。近寄ってみると、黒っぽい服を着て、顔も髪も黒い、背の高い男でした。入口の脇に寄りかかり、自分であけようとでもするように、掛け金に手をかけています。

「誰かしら？　ヒンドリー？　いいえ、声が違うわ」とわたしは考えました。

「一時間も待ったよ」男がそう話し始めても、わたしは目を見張るばかりでした。「その間じゅう、ここらはしいんと静まりかえっていて、とても入って行けなかった。おれがわからないのか？　そら、知っているはずだ」

その顔に一筋の月の光が当りました。黒い頰ひげに半ばおおわれた土色の頰、けわしい眉、深くくぼんだ異様な目――わたしはその目に覚えがありました。

「まあ！」確かにこの世の人なのかどうか、はっきりとはわからないまま、わたしは驚いて両手をあげてそう叫びました。「まあ！　帰ってきたのね。ほんとうにあんたなの？　ほんとうに？」

「そうさ、ヒースクリフだよ」そう返事をすると、ヒースクリフはわたしから窓へと視線を移しました。窓はまるで月のかけらを宿したように、月光を反射してきらきら輝いていましたが、内側からの明かりは見えませんでした。「みんな、うちにいるのか？

キャサリンはどこだ？　ネリー、あんたは喜んでいないんだね。別に気をもむことはないよ。キャサリンはいるのかい？　答えてくれよ。ちょっと話したいことがあるんだ、あんたが仕える奥さまに。さあ、早く入って、ギマートンから会いに来た人がいると伝えてくれ」

「どうお思いになるかしら」思わず大きな声になってわたしは言いました。「いったいどうなさるでしょう。わたしだって驚きでこんなに混乱しているくらいですもの、きっと気が狂ってしまわれますよ！　ほんとうにヒースクリフなのね？　だけど、ずいぶん変わったじゃないの！　あんただとわからないほどだわ。兵隊に行ってたの？」

「いいから早く行って伝えてくれよ。待ちきれないんだからさ」

ヒースクリフはもどかしそうにそう言うと掛け金をはずしました。わたしは中に入ったものの、旦那さまと奥さまのいらっしゃる居間まで参りますと、どうしてもそこから前へ進むことができません。ろうそくをおつけしましょうか、と伺うことを口実にしようと心を決め、やっとのことでドアをあけたのでございます。

お二人は窓辺にすわっていらっしゃいました。窓格子は壁につくまでいっぱいに開かれていましたので、お庭の木々や緑の草地の向こうのギマートンの谷に、一筋のもやがかかって、上の方まで細くたなびいているのが見えました。お気づきのことと思いますが、沼地からの流れと谷をぬうように流れる小川が、礼拝堂のそばで合流しておりましてね。嵐が丘はこの銀色のもやの上にそびえていますが、なつかしいお屋敷は丘の向こう側になりますので見えませんでした。

お部屋もお二人も、そして眺めていらっしゃる景色も、すべてが平和そのものに見えました。わたしはここへ来た目的を果たすことに気が進まず、ろうそくのことだけお聞きして、そのままお部屋を出るところでしたが、それも愚《おろ》かだと思い直して引き返すと、小声で申しました。

「ギマートンから来た人が、奥さまにお目にかかりたいとのことですが」

「何のご用かしら」

「それは聞きませんでした」

「じゃ、カーテンを閉めて、お茶を持ってきてね、ネリー。わたし、すぐ戻って来ますから」

キャサリンはそう言って居間を出ました。誰だい、と旦那さまが何気なくお訊《たず》ねになります。

「奥さまの思いもよらない人でございます。あのヒースクリフ、覚えておいででしょう、昔アーンショーさまのところにいたヒースクリフです」

「なんと、あの野良《のら》働きのジプシーかい？　どうしてキャサリンにそう言わなかったんだね」

「まあ、旦那さま、そんな悪口をおっしゃってはいけません」とわたしはあわてて止めました。「奥さまが耳になさったらとても悲しまれますもの。ヒースクリフがいなくなった時にはずいぶんお嘆きでした。戻って来たとわかれば、さぞかしお喜びでしょう」

旦那さまはお部屋を横切って、中庭を見おろす窓のところへいらっしゃると、その窓をあけて身を乗り出されました。二人はちょうど下にいたのでしょう、すぐに奥さまに向かって大きな声でおっしゃいました。

「そんなところに立っていないで、用のある人なら入ってもらいなさい」

まもなく掛け金の音が聞こえ、キャサリンが二階へ駆け上がって来ました。息を切らし、なりふりかまわぬほどです。興奮が激しすぎて、喜んでいるようには見えません。その表情では、むしろ何か恐ろしい災難でもふりかかってきたかと思ってしまうでしょう。

「ああ、エドガー、エドガー」キャサリンはあえぎながら、両腕で旦那さまの首に抱きつきました。「ああ、エドガー！　ヒースクリフが帰ってきたのよ、本当に！」そう言うと、いっそう強く腕に力をこめるのです。

「よしよし、わかったよ。だけどそんなに僕の首をぎゅうぎゅうしめないでおくれ」旦那さまは不機嫌そうにおっしゃいました。「あれがそれほど大事なやつだとは思わなかったよ。そう騒がなくてもいいじゃないか」

「あなたが嫌いな人なのはわかっているわ」キャサリンは喜びを少しおさえて答えました。「でも、わたしのために仲良くしてほしいの。ここへ来るように言いましょうか？」

「ここって、居間へ？」

「でなければどこへ？」

旦那さまはむっとしたご様子で、台所のほうがいいんじゃないかな、とおっしゃいました。

おどけた表情でそれを見つめるキャサリンは、旦那さまの気むずかしさを笑う気持ちと腹を立てる気持ちの両方だったのでしょう。

「だめよ。わたし、台所にすわるわけにはいかないもの」少ししてキャサリンはこう言い出しました。「エレン、ここにテーブルを二つ出してちょうだいな。一つは旦那さまとイザベラお嬢さまのすわる上流階級用、もう一つはヒースクリフとわたし、低い身分の者用よ。ねえ、あなた、それでいいでしょう？　それともほかのお部屋に火をたかせる？　必要ならそう言ってね。わたしは下へ行って、お客さまを連れてくるわ。あんまり嬉しくて夢みたい！」

そう言ってまた駆け出そうとするキャサリンをひきとめて、旦那さまは「おまえが行って、上へ案内しなさい」とわたしにおっしゃいました。「そしてキャサリン、嬉しいのはいいが、ばかなまねはいけないよ。姿をくらましていた召使いをまるで兄弟みたいに迎えるところなど、家じゅうの者に見せる必要はないからね」

そこでわたしが下へおりてみますと、ヒースクリフは中へ招かれるのを待つような様子でポーチに立っていました。よけいなことは一つも言わずに、わたしのあとについて参ります。居間では激しいやりとりがあったようで、お二人とも頬が紅潮していらっしゃいましたが、ヒースクリフの姿を見たとたんに、キャサリンはそれとは別の感情で頬を染めて駆け寄りました。そして両手をとって旦那さまのところへ連れて行くと、あまり気が進まない様子の旦那さまの手をつかんで、ヒースクリフと握手をさせました。

暖炉とろうそくの火に照らされた明るい場所でヒースクリフを見て、わたしはその変わりようにびっくり仰天いたしました。長身でたくましく立派になって、横に並ぶとうちの旦那さまがいやにほっそりと、子供っぽく見えてしまうほどです。姿勢もよく、やはり軍隊にいたのかもしれません。顔つきにしても、表情といい、きりっとした目鼻立ちといい、旦那さまよりずっと歳上に見え、理知的で、昔のように退廃的な印象は少しもありませんでした。けわしい眉や暗い情熱のこもった目のあたりにはまだ野性のままの凶暴性がひそんでいるようでしたが、それも和《やわ》らげられていて、態度には威厳さえあるのです。いかめしくて優雅とまでは申せませんが、粗野なところはすっかり消えてなくなっていました。

旦那さまもわたし同様、いえ、わたし以上に驚かれたようで、さきほど野良働きと呼ばれた男を前にして、どう話しかければよいか、しばらく迷っていらっしゃいました。ヒースクリフのほうは、握手した相手のほっそりした手をはなし、旦那さまが口を切るまで待とうと、落ち着いた目で旦那さまを見つめて立っております。

「どうぞお掛け下さい」ようやく旦那さまがそうおっしゃいました。「家内が昔をなつかしんで、温かくお迎えしてほしいと申します。家内の喜ぶことなら、もちろんわたしも嬉しいのです」

「ぼくも同じで、ぼくにできることがあればなおさらです。喜んで一、二時間お邪魔させていただきます」

ヒースクリフはそう答えて、キャサリンの向かい側にすわりました。目を離したらヒースクリフが消えてしまうのではないかと心配でもするように、キャサリンはその顔をじっと見つめ続けます。ヒースクリフのほうは、時折ちらっとキャサリンを見るだけで充分なのか、あまり見つめたりはしませんでしたが、キャサリンの目にはっきりと喜びが表れているのを知って、次第に堂々と見つめ返すようになりました。

お互いに喜びにひたりきって、まわりに対する遠慮など忘れた二人でしたが、旦那さまはそうではありません。いらだたしさで青い顔になっていらっしゃいました。キャサリンが立ってじゅうたんの上をヒースクリフに歩み寄り、またその両手をとって上擦《うわず》った声で笑い出した時、旦那さまの不快感は頂点に達したことでしょう。

「明日になったら、きっとわたし、夢を見たと思うでしょうよ。またこうしてあなたに会えて、手に触れたりお話できたなんて信じられないでしょうから。だけど、ヒースクリフ、あなたみたいなひどい人は、こんなに歓迎される資格なんかないのよ。姿をくらましたきり三年も、手紙一つよこさないで、わたしのこともすっかり忘れていたくせに」とキャサリンは言いました。

「ぼくのほうが君より少しは多く考えていたよ」ヒースクリフは小さくつぶやきました。「君が結婚したことは最近聞いたんだ、キャシー。それでさっき下の庭で待っている間に、こんな計画を立てたんだよ――君の顔を一目だけ見る、君はびっくりして目を丸くし、いちおう嬉しそうなふりをしてくれるかもしれない、そのあとヒンドリーに恨みをはらして、法律の厄介になる前にさっさとこの身を始末しよう、とね。君が歓迎してくれたから、こんな計画は吹きとんだ。しかし、今度会ったら別の顔だなんていうのはやめてほしいな。第一、ぼくを二度と追い払ったりしないだろうね。ほんとうに悪かったと思っていたんだろう？　思って当然さ。君の声が聞けなくなって以来、ぼくはさんざん苦労してきた。ただただ君を思って戦ってきたんだから、それに免じてぼくのことも許してくれ」

「キャサリン、お茶がさめてしまうからテーブルについておくれ」旦那さまはいつもの平静な口調と適度の礼儀正しさを保とうと努力しながら、そう声をおかけになりました。「今夜どこに泊まられるにしても、ヒースクリフさんはこれからまだ長く歩かれるんだし、ぼくはのどがかわいたしね」

そこでキャサリンは紅茶わかしの前にすわり、イザベラお嬢さんも呼《よ》び鈴《りん》で呼ばれていらっしゃいましたので、皆さんが席につくのを見届けて、わたしは部屋を出ました。お茶の時間は十分そこそこで終りました。キャサリンのカップにお茶は注がれず、何一つのどをとおらなかったようですし、エドガーさんも受け皿にお茶をこぼしながら、ほとんど一口も飲んでいらっしゃいません。

ヒースクリフはその日の訪問を一時間以内で切り上げました。帰ろうとした時にわたしは、ギマートンへ行くの、と聞いてみました。

「いや、嵐が丘へ行くんだ。今朝行ったら、アーンショーさんが来いと言ってくれたから」

ヒースクリフがヒンドリーのところへ行き、ヒンドリーから来るように言われたですって！　ヒースクリフが立ち去ったあとも、わたしはこの言葉についていろいろ考えてみました。ヒースクリフはちょっとした偽善者になって、そ知らぬ顔で悪さをするためにこの土地に戻ってきたのかしら、などと思ってみますと、帰って来なかったほうがよかったのでは、と心の底で胸騒ぎがするのです。

真夜中頃のこと、うとうとしかかったわたしはキャサリンに起こされました。キャサリンはわたしの部屋にそっと入ってきてベッドの脇にすわり、髪をひっぱったのです。

「眠れないのよ、エレン」弁解するようにキャサリンは言いました。「それに、わたしの幸せを誰か一緒に喜んでほしいの！　エドガーはご機嫌ななめ——きっと自分に興味のないことでわたしが喜んでいるからでしょうね。黙りこくって、口をひらいたと思うと、すねたみたいな、ばかなことしか言わないの。ぼくが眠くて気分も悪いのに、話しかけるなんてきみは残酷で身勝手な人だ、ってわたしに言うのよ。ちょっといやなことがあるとたちまち具合が悪くなれるんですもの。わたしがヒースクリフをちょっとほめたらね、あの人、頭痛かねたみか知らないけれど、泣き出す始末。だから起き出してきちゃったの」

「旦那さまに向かってヒースクリフをほめてどうするんです？　小さい頃から犬猿の仲ですもの、ヒースクリフだって旦那さまをほめる言葉を聞かされたら、同じようにいやでしょうよ。旦那さまの前でヒースクリフの話はおやめなさい。さもないと大喧嘩《おおげんか》になりますよ」とわたしは申しました。

「だけど、ずいぶん意気地《いくじ》なしじゃない？　わたしは人をねたんだりしないわ。イザベラの金髪がどんなにきれいで色白でも、あの子がどんなに上品で優雅でも、そしてあの子がうちじゅうの人たちにかわいがられていたって、わたしは気にしないもの。ネリー、あんただってわたしがイザベラと喧嘩をすると、すぐにイザベラの味方をするわね。わたしはまるで馬鹿な母親みたいにあの子に譲って、いい子ねなんて言ってご機嫌をなおしてもらうんだわ。わたしたちが仲良くしていればエドガーが喜ぶし、それを見てわたしも嬉しいけれど、あの兄妹はとてもよく似てる。甘やかされた子供みたいに、世界は自分たちのためにあると思っているのよ。わたしはいつも二人のご機嫌をとっているけれど、一度ぴしっとやるのが二人のためかもしれないと思うわ」

「それは違いますよ」とわたしは申しました。「お二人のほうが奥さんのご機嫌をとっていらっしゃるんです。そうでなかったらいったいどんなことになるか、わたしにはわかっておりますよ。なんでも奥さんの望むようにとお二人が取り計らって下さる間は、お二人のたまの気まぐれくらい、許してさしあげることができますでしょう？　ですが、どちらにとっても譲れない問題が起きれば、争いになるかもしれません。そうなると、意気地なしだと思った相手が、こちらと同じくらい強情だったりするんですよ」

「そうしたら、ネリー、どちらか倒れるまで戦い抜くってわけね」キャサリンは笑いながら言いました。「でも、そうはならないわ。だって、わたしはエドガーの愛を信じているんですもの。あの人はね、たとえわたしに殺されたって仕返しなんか考えない人よ」

そんなに愛して下さる方ならもっと大事になさらないと、とわたしは考えを申しました。

「大事にしているわ」とキャサリンは答えました。「だけど、つまらないことでぐずぐず泣かなくてもいいでしょうに。子供みたいだわ。ヒースクリフは今では尊敬に値する人物で、このあたり一の紳士でも交際を名誉に思うほどよ、とわたしが言ったら泣き出したけれど、むしろそれくらいのことはエドガーから言い出して、一緒に喜んでくれてもいいはず。早くヒースクリフに慣れて、好きになってほしいものだわ。ヒースクリフはエドガーに反感もあったでしょうに、とても立派な態度だったと思うわ」

「嵐が丘へ行くと言っていたのはどう思われます？　すっかり心を入れかえてまともになって、そこらじゅうの敵と片《かた》っ端《ぱし》から仲直りしようっていうんですかね」

「そのことなら説明してくれたわ。わたしもやっぱり不思議だったのよ。嵐が丘へ行ったのは、あんたがまだ向こうにいると思って、わたしのことをあんたに聞くためだったそうなの。ジョウゼフが知らせたのでヒンドリーが出てきて、今までどこでどうしていたかといろいろ訊ねた末に、中へ入れとすすめたらしいわ。何人か集まってやっていたトランプにヒースクリフも加わったら、ヒンドリーにいくらか勝ったんですって。ヒンドリーは、ヒースクリフがたくさんお金を持っているのを知って、晩にまた来るように誘ったらしくて、それでヒースクリフは承知したっていう話よ。ヒンドリーは無頓着な性格だから、つきあう相手をよく選ばないの。昔踏みつけにした相手に心を許したらあぶないって、普通なら考えるところなのに。でもヒースクリフが言うには、昔いじめられた相手とまたつきあおうというのも、このスラッシュクロスまで歩いて来られるところに落ち着きたいからというのが第一の理由なんですって。わたしと一緒に過ごした屋敷がなつかしくもあるし、ギマートンにいるより嵐が丘のほうが、わたしと会う機会も多いだろうと思ったって。だから嵐が丘に同居できれば、部屋代はたっぷり払うつもりらしいの。兄さんは欲が深いから、きっとすぐにその気になるでしょうよ。昔から欲張りですもの。もっとも、片手でつかむそばから、もう一方の手で散財するんだけど」

「若い人が住むには、まったくけっこうなお屋敷ですこと！」とわたしは申しました。

「どんなことになるか、ご心配なさらないんですか？」

「ヒースクリフは心配ないわ。しっかりしているから危険なことはないでしょう。ヒンドリーのほうは少し心配だけど、心は今より悪くなれないし、身体《からだ》に危害を加えられるおそれは、わたしがいるから大丈夫。今夜のことで、わたし、神さまとも人間とも仲直りしたの。神さまの摂理に腹を立てて反抗してきたんだけれどね。ああ、ネリー、今までわたしは、大変なつらさにずっと耐えてきたのよ。どんなにつらかったかわかれば、それがやっと晴れた喜びに不機嫌な顔で水をさすなんてこと、エドガーもためらうはずだわ。エドガーのためを思って、ひとりで耐えてきたの。わたしが苦しみを表に出していたら、あの人もわたしと同じくらい真剣に、苦しみの消えることを願ったでしょうよ。でももうすんだことだし、エドガーに恨みを晴らすつもりなんかない。これから先は、どんなことにも耐えられそうよ。どんなに卑しい人に頰を打たれたとしても、もう一方の頰を向けるだけでなく、怒らせて悪かったとあやまるわ。その証拠に、今すぐエドガーと仲直りしてくるわね。お休みなさい。わたしはもう天使みたいになったんだから」

キャサリンはひとりで満足して出て行きましたが、決心を実行した結果が成功だったことは次の朝になってはっきりしました。旦那さまは機嫌を直されたばかりでなく(もっともキャサリンが快活すぎるので、まだ元気のないご様子ではありましたが)、午後からキャサリンがイザベラを連れて嵐が丘を訪問することにも反対なさいませんでした。キャサリンもお返しに、愛情こめた優しさをたっぷり注ぎましたから、数日間というものお屋敷は天国のようで、主従ともども、明るい日ざしの中で過ごしたのでございます。

ヒースクリフは――いえ、これからはヒースクリフさんと呼ぶべきでしょうね――スラッシュクロスのお屋敷への訪問を許されたものの、最初は遠慮がちでした。旦那さまがどこまで受け入れて下さるかをはかっているようでした。キャサリンも、ヒースクリフを迎える嬉しさを表に出すのは控えめにするのが賢明だと考えていました。そんなふうにして、ヒースクリフは次第にお客として認められる存在になったのでございます。ヒースクリフは子供の頃から人に打ち解けない性質で、それがまだ残っていたので、感情を派手に表に出すことはありませんでした。旦那さまの心配も小康を得たわけですが、やがて別の方面に心配の種が生まれます。

それは妹のイザベラのことでした。なんとか客として許すことにしたヒースクリフに、突然イザベラがたまらなくひきつけられてしまうという、思いもよらぬ不幸なできごとが起きてしまったのでございます。当時イザベラは十八のかわいいお嬢さんで、振舞いを見ればまだ幼いものの、頭の働きも、感受性も鋭く、怒ると気性も激しい人でした。その妹がこんな途方もない恋心を抱くとは、旦那さまはかわいがっていらっしゃるだけに愕然《がくぜん》となさいました。名もない男との結婚で家名の名折れになるとか、ご自分に男の跡つぎが生まれなかった場合に財産がこの男の手に渡るかもしれないという心配とかを別として、旦那さまにはヒースクリフの性質を見抜くだけの思慮がおありでした。外見は変わっても心が変わるわけはない、事実昔のままだということがわかっていらっしゃったのです。旦那さまはその心を恐れ、嫌っておいでした。そんな相手に妹を託すことなど、本能的に不吉なものを感じてためらわれたのでございます。

実はイザベラの片思いで相手の反応はないのだとわかったら、なおのことだったでしょう。と申しますのは、旦那さまはイザベラの気持ちを知ったとたんに、これはヒースクリフのたくらみだと思われたからです。

わたしたちも気づいておりましたが、イザベラお嬢さんはしばらく前から何か思い煩《わずら》っていらいらしている様子でした。不機嫌で気むずかしくなり、しきりにキャサリンに突っ掛かって困らせるので、決して忍耐強いほうではないキャサリンがいつ癇癪《かんしゃく》を起こしても不思議はないほどでした。見るからにやせ衰えてきたし、病気のせいなのだろうと、わたしたちもある程度大目に見ていましたが、ある日、特別にわがままのひどいことがありました。朝ごはんなんか食べないわ、召使いたちは言いつけたとおりにしないし、姉さんはわたしなんかどうでもいいみたいだし、兄さんまでわたしを無視するのね、ドアがあけっ放しにしてあったせいで風邪をひいたのよ、居間の火をわざと消して意地悪したし、といった具合に、馬鹿げた言いがかりを次々に並べ立てます。キャサリンはイザベラにすぐベッドに入るように言いわたし、厳しく叱って、これからお医者さまを呼びますからね、と脅しをかけました。

ケネス先生の話が出たとたんにイザベラは、身体はなんともないの、と声を大にして言いました。ただキャサリンのひどい仕打ちのせいでこんなみじめな気持ちになったのよ、と言うのです。

「まあ、なんてお馬鹿さんなの？　わたしのひどい仕打ちですって？」キャサリンは、わけのわからない言いがかりに驚いて言い返しました。「まったくどうかしているわ。いったいいつ、ひどいことをしたのよ、言ってごらんなさい」

「昨日よ。それに今だって」イザベラはすすり泣きながら答えました。

「昨日ですって？　昨日、何をしていた時のこと？」

「荒野を散歩していた時よ。好きなところを歩いてきなさい、ってわたしには言いながら、自分はヒースクリフさんと一緒に散歩したじゃないの！」

「あら、それをひどい仕打ちだって言うわけ？」キャサリンは笑い声を上げて言いました。「別にあなたが邪魔だと言ったんじゃないのよ。一緒にいてもいなくても、わたしたちはどっちでもよかったんですもの。ただ、ヒースクリフの話を聞いたって、あなたにはちっともおもしろくないだろうと思っただけ」

「そんなの、嘘だわ。追い払いたかったのよ。わたしが一緒にいたいのがわかっていて」イザベラは涙を流しながら言いました。

「この子ったら、気は確かかしら？」キャサリンはわたしに向かってそう言ってから、イザベラに言って聞かせました。「じゃね、イザベラ、あの時のお話をそっくりそのとおり聞かせてあげる。おもしろいところがあれば教えてほしいものだわ」

「お話はどうでもいいの。わたしの望みはただ……」

「ただ、何なの？」キャサリンは、イザベラが途中でためらっているのを見て、先を促《うなが》しました。

「あの方と一緒にいることだったの。追い払われるのはもうたくさん！　あなたって、飼葉桶《かいばおけ》に入った犬みたいに意地悪ね、キャシー。愛情は独り占めしないと気がすまないんだわ」イザベラの言葉は次第に激しくなりました。

「あなたこそ、生意気な小猿みたい」キャサリンはびっくりして大きな声で言いました。「だけど、こんな馬鹿げた話は信じられないわ。あなたがヒースクリフの好意を求めたり、ヒースクリフを感じのいい人だと思ったりするなんて、絶対に考えられないことですもの。わたしの思い違いよね、イザベラ、そうでしょう？」

「思い違いじゃありません」イザベラは熱にうかされたように言いました。「姉さんがエドガーを愛したよりずっと、わたしはあの方を愛しているの。姉さんがよけいなことをしなければ、あの方もわたしを愛して下さるかもしれないわ」

「まあ、わたしならどんなことがあっても、今のあなたになりたくはないわね」キャサリンははっきりと言いました。それから親身にこう話すのです。「まるで狂気の沙汰だとこの子にわからせたいんだから、ネリー、あんたも力を貸して。ヒースクリフがどんな人間だか、聞かせてやってちょうだい。教養も優雅さもない野蛮人で、ハリエニシダと玄武岩だけの不毛の荒野そっくりの男なのよ。あんな男に心を捧げるようにすすめるくらいなら、冬の猟園に小さなカナリヤをはなすほうがましだわ。あなたみたいな夢を抱くのは、あの人の性質を全然知らないからよ、イザベラ。いかめしい顔つきの裏に親切や優しさを隠しているなんて思ったら大間違い。まだ磨いてないダイヤモンドだとか、真珠をかかえた牡蛎《かき》だとか、そんな人じゃないの。狂暴で冷酷で狼みたいな男なのよ。ヒースクリフに敵のことを放っておくように言う時にわたしはね、『あの人たちをひどい目にあわせるのは卑劣で残酷だからやめて』と言うかわりに、『あの人たちがひどい目にあうのはわたしがいやだからやめて』って言うくらいなんですもの。あなたのことだって、いったん厄介なやつだと思ったら、まるで雀の卵みたいにあっさり押しつぶしてしまうでしょうよ。あの人がリントン家の人間を愛せるわけはない――それは確かだわ。だけど、財産や遺産めあてにあなたと結婚することなら充分に考えられるわね。なにしろこの頃では貪欲《どんよく》さがすっかり身についているようだから。さあ、これがわたしの見るヒースクリフ像よ。いい、わたしはね、仮にヒースクリフが本気であなたをねらっているとわかれば、もしかすると何も言わずに、あなたが罠《わな》にかかるのを黙って眺めていたかもしれないほどあの人と親しいのよ。そのわたしの言うことなんだから間違いないわ」

イザベラは憤慨して兄嫁をにらみました。

「まあひどい！　ひどいわ！　味方ぶったって、二十人の敵より始末の悪い味方じゃないの！」

「じゃ、わたしの言うことを信じないのね。悪意と利己主義から言ったと思っているわけ？」

「ええ、そのとおり、あなたのひどさにはぞっとするわ」イザベラはそう言い返しました。

「わかりました。そういう気持ちなら、あとは好きにしなさいな。わたしはもう、言うだけのことは言ったわ。そんな生意気なことを言われて、これ以上言い合うつもりはありませんからね」

そう言ってキャサリンが部屋を出て行くと、イザベラは涙にむせびながら言いました。

「あの利己主義でわたしが苦しめられるのよ。わたしのまわりは、みんな敵ばかり。たった一つの慰めも姉さんにこわされてしまった。でも、今の話は嘘よね？　ヒースクリフさんは悪魔じゃないわ。立派な、信頼できる心の持ち主よ。そうでなかったら、姉さんのことをずっと忘れずにいるはずがないでしょう？」

「お嬢さん、あんな人のことは忘れておしまいなさい」とわたしは申しました。「ヒースクリフは不吉な鳥のようなもの、お嬢さんの伴侶《はんりょ》に向くような人じゃありません。奥さんは厳しい言い方をなさいましたけれど、おっしゃったことにはわたしだって反対できません。わたしより、いいえ、ほかの誰より、あの人の心をご存じですし、実際より悪くおっしゃるはずは絶対にありませんからね。だいたい、正直な人間は自分のしたことを隠したりしないものです。ところがヒースクリフは今までどうやって暮してきたんでしょう。どうしてお金持ちになったんでしょう。忌《い》みきらう男の屋敷なのに、なぜ嵐が丘にいるんでしょう。あの人が来てからヒンドリーさんの行状はますますひどくなっているといううわさですよ。毎晩二人で徹夜して、ヒンドリーさんは土地を抵当に借金をした上に、賭《か》けては飲むばかりですって。つい一週間ほど前にギマートンでジョウゼフに会ったんですけど、こう言っておりました。『ネリー、そのうちにうちのお屋敷じゃ検死官のお調べを受けることになりそうだよ。まるで牛でも殺すみたいに自分の身体に短刀を突き刺そうとするやつはいるし、それを止めようとしたやつはもう少しで指一本切り落とされるところだしな。自殺しかかったのはうちの旦那さまだ。神さまの裁きを早く受けたくて仕方ないとみえる。パウロさま、ペテロさま、ヨハネさま、マタイさま、いやどんな偉い裁判官が並んでいたってこわがるような人じゃねえ。あの恥知らずの顔を早く見せたいくらいのものよ。それにあのヒースクリフの小僧がまた、ただ者じゃねえんだ。なにしろ、地獄みたいな騒ぎを見たって平気で笑っていられるやつさ。こっちでどんなにご立派な暮しをしてるか、あいつ、スラッシュクロスのお屋敷に行って全然話さんかね？　つまりこんなふうさ。日暮れに起きてサイコロにブランデー、よろい戸は閉め切りにしてろうそくの火で、それが次の昼までずっと続く。それからうちの馬鹿旦那は、まともな人間なら恥ずかしくて聞いていられずに指で耳をふさぐような悪態を吐きちらしながら部屋へとお引き上げだ。ヒースクリフの悪党のほうは、しっかり金勘定をすませると食って寝て、さてでかけたと思えば、よそさまの奥さんとおしゃべりってわけだな。もちろんあいつはキャサリンさんに話して聞かせているだろうよ、お父上の財産は自分のもの、兄貴は滅びに続く道をまっしぐら、邪魔になる門は手まわしよくあけておいてやるさ、ってな』と、こうでございますよ。ね、イザベラさん、ジョウゼフはいやなじいさんですが、うそはつきません。もし今の話が本当なら、そんな行状の人を夫にしたいとはお思いにならないでしょう？」

「あんたもみんなとぐるになってるのね、エレン！　そんな悪口を並べたって聞かないわ。なんて意地が悪いの、この世に幸せはないってわたしを言いくるめようとするなんて!」

もしこのまま放っておいたら、果たしてイザベラがこの恋を忘れたか、それともずっと思いを胸に抱き続けたか、それは何とも言えません。結局、ゆっくり考える時間は与えられなかったのでございます。翌日、隣町で治安判事の集まりがあって、旦那さまはお出にならなくてはなりませんでした。お留守を知ったヒースクリフは、いつもより早めにやって参りました。

キャサリンとイザベラは書斎で、お互いに敵意を抱きながら、黙ってすわっているところでした。イザベラは前日、一時的な激情のままにうっかり秘密をうちあけてしまったことで、まだ心が動揺していたのでしょう。キャサリンはキャサリンで、よく考えた末に本気で腹を立てています。イザベラの生意気をまた笑うことがあっても、この件はもう笑いごとではすまないと思っていたのでした。

ヒースクリフが窓の外を通ったのを見て、キャサリンは笑いました。わたしは炉辺のお掃除をしておりましたが、キャサリンの口元にいたずらそうな微笑が浮かんだのに気がつきました。イザベラは考えに気をとられていたのか、本に夢中だったのか、ドアが開くまで気づきませんでした。できれば逃げ出したかったことでしょうが、その時にはもう手遅れでした。

「さあどうぞ。よくいらしたわ」キャサリンは椅子を一つ暖炉のそばに引き寄せながら、楽しげな声を上げました。「二人の間の空気を和らげてくれる人がほしいところだったの。しかもあなたなら、わたしたちにとって申し分なしよ。ねえ、ヒースクリフ、お知らせできてわたしも嬉しいことだけど、わたし以上にあなたに夢中だっていう人がついに現れたの。あなたもいい気分でしょう？　いえ、ネリーじゃないわ。ネリーなんか見ていないで。わたしの妹なのよ、かわいそうに、あなたの姿と心のすばらしさを考えるだけで小さな胸の張り裂ける思いなのは。エドガーと兄弟になりたければご自由っていうわけよね。だめよ、イザベラ、逃げようとしてもだめ」いたたまれずに憤然と立ち上がったイザベラを、キャサリンはふざけているふりをしてつかまえながら話し続けました。「わたしたち、あなたのことで猫みたいに喧嘩していたのよ、ヒースクリフ。献身的愛情と崇拝の点で、まるでわたしの負けらしいの。それに、わたしがおとなしく引っ込んでいさえすれば、この自称わたしの恋がたきさんは、あなたの胸に恋の矢を射込んであなたを永久に自分のものにして、わたしの思い出なんかは忘却のかなたへ片付けられるんですって」

イザベラは、しっかりつかまれた腕を振りほどこうともせず、威厳を見せながら言いました。「キャサリン、たとえ冗談でも、中傷をまじえずに本当のことだけ言っていただけないかしら。ヒースクリフさん、あなたのお友だちに、わたしの腕を放すようにおっしゃって下さいな。ヒースクリフさんとわたしが親しいおつきあいではないことを忘れて姉はおもしろがっておりますけれど、わたしにとってはとてもつらいんです」

ヒースクリフは何も答えず、イザベラが自分に対して抱いている気持ちなどにはまったく関心のない様子で椅子にすわりました。そこでイザベラは、キャサリンに向かって、お願いだから手を放して、と小声で真剣に頼みました。

「絶対に放さない！　飼葉桶に入った意地悪犬だなんて二度と言われたくありませんからね。あなたにはここにいてもらいますよ、さあ、おとなしくね。ところでヒースクリフ、せっかくいいことを教えてあげたんだから、嬉しそうな顔をしたらどう？　イザベラに言わせれば、この子があなたに抱いている気持ちに比べたら、わたしに対するエドガーの愛情なんて、まるで取るに足りないものなんですって。そんなふうにはっきり自分で言ったわよね、エレン？　おととい散歩の時に、わたしに邪魔にされてあなたのそばから追い払われたのが悲しいやらくやしいやらとかで、あれ以来お食事もしないのよ」

「どうも本当とは思えないな」ヒースクリフは椅子の向きを変えて二人のほうを見ました。「とにかく今は、ぼくのそばから逃げ出したがっているようだからね」

そう言うとヒースクリフは、イザベラ本人をまじまじと見つめました。たとえばインドから来たムカデといったような、珍しいけれど気味の悪い生き物でも眺める時の、好奇心に負けて恐る恐るのぞきこむ目つきでございます。

お気の毒にイザベラは耐えきれず、青くなったり赤くなったりしました。まつ毛に涙を光らせ、小さな指先に力をこめて必死にキャサリンの手を放そうとするのですが、しっかり腕をつかんでいる相手の指を一本起こしても別の一本がしめつけてきて、全部一度にはずすことはできません。それがわかって爪を立て始めましたので、キャサリンの手に三日月型の赤い爪跡が点々とつきました。

「まるで虎ね!」キャサリンはそう叫んで手を放し、痛そうに手を振りました。「もうあっちへ行ってよ! そんな狐みたいな顔、見たくもないわ。大事な人の前で爪を立てて見せるなんて、お馬鹿さんね。どう思われるか、考えが及ばないの? ほら、ヒースクリフ、すごい武器よ。あなたも目をやられないように気をつけて」

「こっちに向かってきたら、爪をはがしてやる」ヒースクリフは残酷なことを言いました。イザベラはもう部屋を出て、ドアが閉まったあとでした。「だけどキャシー、どうしてあんなふうにからかったりしたんだい？　本当の話じゃないんだろう？」

「ところが本当なの。あの子、もう何週間も前からあなたに恋い焦《こ》がれているわ。今朝もあまりうるさく騒ぎ立てるから、少し熱を冷まそうと思ってあなたの欠点をはっきり言ってやったら、お礼にたっぷりののしられてしまったの。でも、もう気にしないでね。生意気だから懲らしめてやりたかっただけのこと。本当は大好きな妹だから、あなたの手にかかって餌食《えじき》になるのを見たいとは思わないわ」

「こっちは大好きどころか、餌食にしたいともまるで思わないな。死肉の好きな悪鬼《グール》じゃないんだから。もしもあんな青白い、めそめそしたやつと一緒に暮したら、さぞかし変なうわさが立つだろうよ。一日おきにあの白い肌にいろんな色のあざや傷ができたり、青い目があざで黒くなったりはほんの序の口でさ。しかしあの目ときたら、いやになるほどエドガーそっくりだな」

「嬉しくなるほど、でしょう？　鳩《はと》のような目、天使のような目だわ」

「イザベラはエドガーの相続人だろう?」少し間があって、ヒースクリフはそう訊ねました。

「そうなの、残念ながらね。できたら男の子を六人くらい生んで、権利を奪ってやりたいところよ。でも、今はもうそんなことは忘れて。あなたは隣人の持ち物をほしがりすぎるようだけれど、この場合の隣人のものっていうのは、つまりわたしのものですからね」

「おれのものになったって、きみのものに変わりないさ。イザベラ・リントンは馬鹿かもしれないが、気が違ったわけじゃないだろうし……まあ、君の言葉に従って、この話はこれくらいにしよう」

確かに話はそこで打ち切られ、キャサリンのほうは頭からも消し去ったようでしたが、ヒースクリフはその晩何度か思い返していたに違いありません。わたしが見ていますと、キャサリンが部屋を出て行くたびにひとりで微笑を浮かべて、と言うよりむしろ、にやりと笑って、不気味な考えにふけっておりましたもの。

ヒースクリフの動きから目をはなすまい、とわたしは心に決めました。わたしがあくまでも忠実な気持ちを抱いておりますのは、キャサリンよりもむしろ旦那さまのほうでございました。お優しくて人を疑わない立派な方ですから、それも当然でしょう。それに対してキャサリンは、正反対とまでは申しませんが、あまりに奔放で、何をやり出すか信頼が置けませんし、一緒に泣いたり笑ったりすることなど、とてもできません。何か起こって嵐が丘とこちらのお屋敷ともどもヒースクリフと平穏に縁が切れ、ヒースクリフ出現前の暮しに戻れれば、というのがわたしの願いでございました。ヒースクリフの訪問は、わたしにとって長い悪夢でしたが、旦那さまも同じお気持ちだったのではないでしょうか。あの男が嵐が丘にいると思うと、どうしようもなく重苦しい気分になりました。いわば迷える羊であるヒンドリーが神さまに見はなされて悪の道を歩んでいる嵐が丘、そこへヒースクリフという悪い獣がやってきてそばをうろつき、とびかかって食い殺すチャンスをねらっているのだと感じられてならなかったからでございます。

第十一章

こうしたことを一人で考えておりますと、急に恐怖に駆られて立ち上がり、ボンネットをかぶって嵐が丘の様子を見に出かけようかと思うことが時々ございました。世間の人たちがヒンドリーの行状をどううわさしているか本人に知らせて注意してやるのが義務だ、と自分の良心に訴えるのには成功するのですが、すっかり悪習に染まっていて改心の見込みはなさそうだし、わたしの言うことだって本気で聞いてもらえるかどうか――それを思いますと、あの陰鬱なお屋敷の訪問には二の足を踏んでしまうのでした。

ギマートンへ行く途中で寄り道をして、なつかしい門の前を通ってみたことがございます。さきほどのイザベラをめぐる出来事があった頃のことです。晴れた寒い午後で、地面に雪はありませんでしたが、道は固く凍《こお》っておりました。

街道が左手で荒野へとわかれている道標のところに来ました。ざらざらした砂岩の道標で、北側に嵐が丘を示す頭文字W・H、東側にギマートンのG、南西側にスラッシュクロス屋敷のT・Cと刻まれ、それぞれの方角を示す道しるべになっております。

道標の灰色のてっぺんを太陽の光が黄色に照らしているところは、わたしに夏を思わせました。そしてどういうわけか、子供の頃の感覚がどっと胸に押し寄せてきたのです。そこは二十年前、ヒンドリーとわたしのお気に入りの場所でした。

わたしは風雨にさらされたその石をしばらく眺めてから、かがんで見ました。すると根元の穴の一つにかたつむりの殻や小石がまだたくさん入っておりました。こういうもの、あるいは今はもう朽ち果てて残っていない様々のものなどをそこにしまっておくのが、わたしたちはとても好きだったのでございます。昔一緒に遊んだ頃のヒンドリーの姿が目に見えるような気がしました。枯れた草にすわり、黒い髪の角張った頭を前かがみにして、小さな手に持った平たい石で土をすくっています。

「ヒンドリー、かわいそうに!」

思わず声をあげたわたしは、次の瞬間、びくっとしました。一瞬その子供が顔を上げて、まっすぐわたしを見つめたような錯覚を起こしたからです。幻はすぐに消えましたが、わたしはその時、どうしても嵐が丘へ行かずにはいられない気持ちになりました。迷信的な恐れがそれに拍車をかけます。もしヒンドリーが死んでいたら! それとも死にそうになっていたら！　幻を見たのが死の知らせだったらどうしよう――そう思ったのでございます。

お屋敷に近づくにつれてわたしの心は乱れ、いよいよ見えた時には手足が震えるほどでした。さっきの幻の子供が先まわりして、門の中からこちらを見ている――もつれ髪で茶色の目の男の子が門の格子に赤ら顔を押しつけているのを目にした時、そんな考えが浮かんだのですが、よく考えればヘアトンに違いないのでした。わたしのかわいいヘアトン坊や！　別れて十ヵ月でしたが、たいして変わってはいません。

幻の子供かと思ったばかばかしい恐怖などたちまち忘れて、わたしは大きな声で呼びかけました。「まあまあ、坊や！　ヘアトン坊やね！　ネリーですよ。お守りをしてあげたネリーですよ」

坊やは、わたしが抱き寄せようとしても腕の届かない距離まで逃げると、大きい石を一つ拾いました。

「お父さんに会いに来たのよ、ヘアトン」とわたしは続けて言いました。坊やの行動から見て、たとえネリーのことが記憶にあるとしても、目の前のわたしがネリーだとはわからないようだと考えたからです。

坊やは石を投げようとかまえました。なだめようとして話しかけても動きは止まらず、石はわたしのボンネットにあたりました。続いて、まだ舌もよくまわらぬ小さな口から、ののしりの言葉が次々に出てきます。意味がわかっているかどうかはともかく、口ぶりは慣れたもので、驚くほどの悪意に、あどけない顔もゆがんでいました。

お察しのとおり、これにはわたしも腹が立つよりすっかり悲しくなってしまいました。泣きたい気分でしたが、ポケットからオレンジを一つ出し、坊やのご機嫌がなおれば、と差し出してみました。

坊やは、ためらってからいきなりオレンジをひったくりました。見せるだけでくれないつもりだとでも思ったのでしょうか。

わたしはもう一つ出し、坊やの手が届かないところに上げて持ちました。

「ねえ坊や、そんな素敵な言葉を誰に習ったの？　牧師補さん？」

「牧師補なんてくたばっちまえ！　おまえもだ、ちきしょう！　それ、くれよ」という返事です。

「誰に習ったか、教えてくれたらあげるわ。いったい誰に習うの？」とわたしは申しました。

「とうちゃんさ」

「とうちゃんに何を習うの？」

坊やがオレンジにとびつこうとするので、わたしはいっそう上に上げて訊《たず》ねました。

「とうちゃんは何を教えてくれるの？」

「何も教えてくれない。そばへ寄るなって言うだけさ。おれがとうちゃんに悪態をつくから、とても我慢できないんだって」

「そう、それじゃ、とうちゃんに悪態をつけって教えるのは悪魔なのね？」

「う、うん。ううん」返事がはっきりしません。

「悪魔でなきゃ、誰なの？」

「ヒースクリフさ」

「ヒースクリフさんのこと、好き？」とわたしは聞きました。

「うん」

なぜ好きなのか知りたいと思いましたが、坊やの返事はこんな具合です。「わかんない。とうちゃんがおれに何かすると、仕返ししてくれる。とうちゃんがおれをののしれば、とうちゃんにののしり返してくれるよ。おれはおれのしたいようにすればいいって言ってくれるしね」

「それで、牧師補さんに読み書きは習っていないの？」

「いないさ。牧師補なんかうちにやって来たら、あいつの歯をへし折ってのどの奥までたたきこんでやるんだって。ヒースクリフがはっきりそう言ってたよ」

わたしはオレンジを手渡してやり、ネリー・ディーンという女の人が庭木戸のところに来て、話があると言っているとお父さんに伝えて、と頼みました。

坊やは小道を歩いて、中へ入って行きましたが、戸口に現れたのはヒンドリーでなく、ヒースクリフでした。その姿を見るなり、わたしはそちらに背を向けて、来た道を全速力で駆け戻りました。道標のところまで一度も立ち止まりません。悪鬼でも呼び出してしまったようで、生きた心地もしなかったのです。

こんなお話はイザベラお嬢さんの件とはあまり関係がありませんが、ただ、このことがあってからわたしは、いっそう警戒を怠らず、悪影響がスラッシュクロスのお屋敷にまで広がらないように全力を尽くそうと心に決めたのでございます。たとえそれがキャサリンのお気に召さず、お屋敷内に波風が立っても、それは仕方ありません。

次にヒースクリフが来た時、イザベラは中庭で鳩に餌《えさ》をやっていました。キャサリンとは三日も口をきいていませんでしたが、不機嫌な不平不満のほうもおさまっていたので、わたしたちはほっとしておりました。

それまでイザベラに向かってよけいな社交辞令など一言も言ったためしのないヒースクリフでしたが、その日はいつもと様子が違いました。イザベラの姿を見かけるとすぐに、用心深くお屋敷の前をさっと見渡しました。わたしは台所の窓のそばに立っていましたが、そっと陰に隠れました。するとヒースクリフは、石を敷きつめた中庭を横切ってイザベラに近づき、何か言っています。イザベラは困っている様子で、その場から逃れようとしますが、ヒースクリフはそれをひきとめようと、イザベラの腕に手をかけました。イザベラが顔をそむけたのは、きっと答えたくないようなことを聞かれたのでしょう。ヒースクリフはもう一度建物をちらっと見て、誰にも見られていないと思ったらしく、ずうずうしくもイザベラを抱きしめようとするではありませんか。

「ユダ！　裏切り者！　それに偽善者だったんだね。計画通りの裏切りっていうわけだわ」わたしは思わず叫んでいました。

「ネリー、誰のことなの？」すぐそばでキャサリンの声がしました。外の二人に気をとられていて、キャサリンが入って来たことに少しも気づかなかったのでございます。

「あなたの不届きなお友だちですよ。あそこでこそこそと悪いことをして」わたしは激しい口調で申しました。「あら、わたしたちに気づいたようです。入って来ますよ！イザベラお嬢さんなんか大嫌いだとあなたに言ったくせに言い寄ったりして、どんなにもっともらしい弁解をするつもりやら」

キャサリンの見ている前でイザベラはヒースクリフの手を振り払って庭へと逃げ込みました。そのすぐあとに、ヒースクリフがドアをあけて入って来たのです。

わたしは憤慨の言葉を漏《も》らさずにはいられませんでしたが、キャサリンは怒った声でわたしに向かってお黙りと言いました。失礼な口をきくのなら台所から追い出すからね、と言うのです。

「聞いていると、まるでここの奥さまみたいなものの言い方じゃないの。立ち場をわきまえてちょうだいね。それからヒースクリフ、この騒ぎは何のまねなの？　イザベラに手を出してはだめと言ったでしょう。わたしの言うことを聞いて。エドガーに閉め出されてここへ来られなくなってもいいの？」とキャサリンは言いました。

「閉め出せるものなら閉め出してみるがいい！」悪者のヒースクリフは言いました。わたしはこれを聞いた時、心の底から憎いと思ったものでございますよ。「おとなしく我慢しているほうがいいんだ。なにしろこっちはあいつをあの世に送ってやりたくて、毎日うずうずしているんだから」

「しっ、黙って」キャサリンはそう言いながら内側のドアを閉めました。「いやなことを言わないでよ。なぜわたしの頼みを無視したの？　あの子がわざとあなたと出会うように仕組んだのかしら」

「君に関係ないだろう」ヒースクリフはうなるような声で言いました。「あいつに望まれれば、キスしてやる権利はあるんだ。君に文句を言われる筋合《すじあい》はない。おれの女房でもないのに焼きもちを焼くことはないだろうよ」

「焼きもちじゃないわ。いろいろ考えているのよ。わたしに向かってそんなしかめっ面《つら》しないで。もしイザベラのことが好きなら結婚してもいいけど、でもヒースクリフ、本当のところはどう？　あの子が好き？　ほら、やっぱり返事をしないわ。好きじゃないのね」

「それに、こんな人との結婚を、兄として旦那さまがお許しになるでしょうか」わたしも口をはさみました。

「それは許しますとも」キャサリンはきっぱりと答えました。

「それには及ばないさ。どうせ許可なんかなくても、結婚したければするだけのことだからな。それからキャサリン、君にこの際ちょっと言っておきたいことがある。これはよく承知しておいてもらいたいんだが、おれは君から恐ろしくひどい仕打ちを受けたと考えている。実にひどい仕打ちをだ。いいな？　そう考えていないと思ったら君は馬鹿だし、甘い言葉でなだめられると思ったら君はまぬけさ。おれがその復讐《ふくしゅう》もせずにおとなしく我慢すると思うなら大まちがいだ。もうすぐわからせてやる。とにかく、妹の秘密を教えてくれてありがとう。きっと利用させてもらうから、邪魔はしないでくれ」

ヒースクリフは言いました。

「ヒースクリフがこんな人だなんて！」キャサリンはびっくりして声を上げました。「わたしからひどい仕打ちを受けて、その復讐をするですって？　まったく恩知らずの、とんでもない人ね。どんな復讐をするつもり？　ひどい仕打ちって、いったいわたしが何をしたって言うの？」

「君に復讐するわけじゃない。そんな考えはないさ」ヒースクリフは口調をやわらげて言いました。「暴君が奴隷を虐《しいた》げても、奴隷は暴君に反抗するかわりに、自分より下のやつを踏みつける――それと同じだよ。君はおれを死ぬほど苦しめて楽しめばいい。

ただ、おれも少しばかり同じように楽しむのを認めてほしい。無礼な言葉はなるべくつつしんでだ。おれの宮殿をこわして、かわりに建てたあばら屋をあてがいながら、さも立派な慈善事業でもしたような顔をされても困るのさ。おれとイザベラの結婚を君が本当に望んでいると思ったら、のどをかき切って死ぬよ」

「まあ、わたしが焼きもちをやかないのが悪いのね。それならもう結婚のお世話はやめるわ。どっちにしろ救われる見込みのない魂を悪魔に差し出すみたいなもので、まったく無駄ですもの。あなたも悪魔と同じで、人を苦しめるのが何よりの喜びなのね。これでよくわかったわ。あなたが来たせいで気むずかしかったエドガーの機嫌がやっとなおり、わたしも安心して気持ちが落ちついたところに、こうしていざこざを起こしにやってくる――わたしたちが平穏に暮しているのがいやなんでしょう? エドガーと争いたければ争って、イザベラもだますといいわ。わたしへの復讐なら、それが一番の方法よ」

そこで会話は途切れました。キャサリンは頰を紅潮させ、暗い表情で暖炉のそばにすわりました。自分の意に添うように努力するのを見慣れていた相手が、いつのまにか手に負えなくなり、しずめることも自由に動かすこともできなくなったのを悟ったのでしょう。ヒースクリフは腕組みをして炉辺に立ち、よこしまな考えにふけっているようでした。わたしは二人をそのままにして、旦那さまのところへ行きました。旦那さまはキャサリンが下へおりたきり、なぜ戻ってこないのかと不思議がっていらっしゃるところでした。

「キャサリンを見なかったかい、エレン」旦那さまは、入って行ったわたしにお訊ねになりました。

「はい、奥さまはお台所にいらっしゃいます」とわたしは答えました。「ヒースクリフさんの振舞《ふるま》いにとても困っていらっしゃるんです。わたしが思いますに、そろそろあの人の訪問を考え直す時ではございませんか？　あまり寛大な顔をしていますと、ろくなことになりません。実はさきほども……」わたしは中庭での出来事とそれに続く言い争いについて、できるだけありのままをお話ししました。キャサリンにとって不利になるはずはないと信じておりましたし、なったとしたら、それはあとでヒースクリフの肩をもつようなことを自分の口から言ったためでしょう。

旦那さまはわたしの報告を、やっとの思いで最後までお聞きになりました。キャサリンにも責任があるとお考えになっていることは、まずおっしゃった言葉で明らかでした。

「これはもう我慢できない状況だ。あんなやつを友だち扱いして、ぼくにも交際しろだなんて、恥ずべきことだよ。エレン、召使い部屋から下男を二人呼んで来なさい。キャサリンをあんな卑劣な悪党とこれ以上口論させておくわけにはいかない。もう甘やかしてもいられないよ」

旦那さまは下へおり、下男たちに廊下で待つように命じてから、わたしの先に立って台所に入って行かれました。台所の二人の言い争いはまた始まっていたようで、キャサリンが勢いを取り戻してがみがみ言い立てているのは確かでした。窓の近くに移ったヒースクリフはうつむき加減で、キャサリンの剣幕にいくらかひるんでいるように見えます。

まず旦那さまに気づいたヒースクリフが、黙るようにとキャサリンに急いで合図しますと、キャサリンもその意味を悟って、すぐに口を閉じました。

「これはどういうことなんだい?」旦那さまはキャサリンに向かっておっしゃいました。「この悪漢にあんなことを言われながらまだ相手をしているとは、非礼を非礼だとも思わないのかね? たぶん日頃から口汚いやつだから、君もなんとも思わないのかもしれない。下劣さに慣れてしまって、ぼくもそのうち慣れるだろうと思っているんじゃあるまいね」

「立ち聞きしていたの、エドガー?」キャサリンはわざと旦那さまを怒らせるように言いました。あなたが怒ったって気にするどころか軽蔑するわ、と言わんばかりです。ヒースクリフは旦那さまの言葉には目をつり上げていましたが、キャサリンの言葉を聞くと皮肉な笑い声を上げました。旦那さまの注意を自分に引きつけるのが目的だったようです。

その点でヒースクリフは成功しましたが、旦那さまは感情に走ったりはなさらず、落ち着いた口調でおっしゃいました。

「これまで君のことを辛抱してきたのは、恥知らずの堕落した性格を知らなかったからではない。そうなったのは君一人の責任ではないと思ったからです。そして、キャサリンが君との交際を続けたがるのも黙認してきた。愚かでしたよ。君はどんなに立派な人の心にも毒をうつす元凶だ。これ以上不幸な結果を招かないためにも、今後いっさいこの家に出入りしないでもらいたい。今すぐここから出て行っていただこう。三分待っても従わない場合には強制的に追い出すことになりますよ」

ヒースクリフはあざけるような目つきで相手の身体つきを測ってから言いました。

「キャシー、君の小羊が雄牛みたいに威嚇《いかく》しているよ。おれのげんこつで頭を割られる危険があるのにさ。いや、リントンさん、残念ながらあなたには、なぐり倒すだけの価値もありませんよ」

旦那さまは廊下のほうをちらっと見て、下男たちを連れてくるようにとわたしに合図をなさいました。身をもって対決という危険をおかすおつもりはなかったのです。わたしは合図に従おうとしましたが、何か感づいたキャサリンがついて来て、下男を呼ぼうとするわたしを引き戻すと、ドアをバタンと閉めて鍵までかけてしまいました。

「ご立派なやり方だわ！」驚きと怒りの表情を浮かべた旦那さまに向かって、キャサリンはこう言うのです。「自分で立ち向かう勇気がなかったら、あやまるか、さもなければおとなしくなぐられるかのどちらかになさいよ。そういう目にあえば、強そうなふりをするのをやめる気にもなるでしょうからね。いいえ、鍵をとろうとしたって、とられる前にのみ込んでしまうわ。あなた方二人にはよくしてあげたのに、なんて素敵なお返しでしょう！　一人は弱虫、一人は悪者――それをずっと寛大に許してきたお礼に、恩知らずの見本そのものみたいな、まったくばかばかしい目にあわされるとはね！　エドガー、わたしはあなたとあなたの財産を守ってあげようとしていたのよ。そのわたしを悪く思うなんて、あなたなんかふらふらになるまでヒースクリフにたたきのめされればいい」

ヒースクリフの手を借りるまでもなく、旦那さまはたたきのめされたようにおなりでした。キャサリンの手から鍵をもぎとろうとなさった時、キャサリンは絶対に渡すものかとばかりに、暖炉の火が一番燃えさかっているあたりに鍵を投げ込んでしまったのです。旦那さまのお身体は神経質に震え出し、お顔は真っ青になりました。激しい感情をどうしてもおさえることができず、苦悩と屈辱に打ちのめされて、とうとう椅子の背にもたれ、両手で顔をおおわれたのでございます。

「あなたったら、まったくだらしない！　昔だったらさぞ立派な騎士《ナイト》になれたでしょうよ！」とキャサリンは声を大にして言いました。「こちらの負け。負けなのよ。ねずみの群に軍隊をさし向ける王さまはいやしないから、ヒースクリフだってあなたに向かって指一本振り上げたりしないでしょう。けがの心配はないわ。元気をお出しなさい。あなたは小羊どころか、赤ちゃん兎っていうところよ」

「臆病者のご亭主で喜ばしい限りだな、キャシー。君のご趣味には感心するよ。こんなだらしない弱虫のほうがおれよりいいっていうんだから。こんなやつじゃ、げんこつをくらわす気にもなれないが、足で蹴ってやろうか。それでこっちも腹の虫がおさまるようにな。こいつ、泣いているのか、それともこわくて気絶しかかっているのかい?」

ヒースクリフはそう言うと、旦那さまに近づき、椅子を押しました。近づかなければよかったのです。旦那さまはすばやく身体を起こし、相手ののどに強い一撃を加えました。もっとかよわい相手だったら倒れるほどの勢いでした。

ヒースクリフも一瞬息が止まり、のどを詰まらせていましたが、その間に旦那さまは、裏口から庭へ出て、玄関に歩いて行かれました。

「そら、ごらんなさい。もうここへ来られなくなったじゃないの。さあ、逃げて。きっとエドガーは両手に一梃《ちょう》ずつピストルを持って、加勢を何人も連れて戻ってくるから。さっきのわたしたちの話を聞いたとしたら、あの人、絶対にあなたを許すはずはないわよ。あなたもひどかったしね、ヒースクリフ。とにかく、早く逃げて。エドガーならまだしも、あなたが追いつめられるのは見たくないから」

「のどが焼けつくほどの一発をくらって、おめおめと引き下がるおれだと思うのかい? もちろん、そうはいかん。帰る前にあいつの肋骨《ろっこつ》を、腐ったはしばみの実をやるみたいにぐしゃっと砕いてやるんだ。今やっつけなければいつか殺すことになる。命を助けたければ今やらせるほうがいいんだぞ」

「旦那さまはいらっしゃいませんよ」実は嘘なのですが、わたしはそう言葉をはさみました。「御者《ぎょしゃ》と庭師が二人、こっちに来ます。三人がかりで道へ放り出されるまで待っていようというわけじゃないでしょうね。手に手に棍棒を持っていますよ。きっと旦那さまは、三人が命令どおりに働くかどうか、居間の窓から見張っていらっしゃるんでしょう」

庭師と御者がいたのは確かですが、本当は旦那さまもご一緒で、四人はもう中庭まで来ていました。ヒースクリフは考え直して、三人の召使いを相手にするのはやめることにしたようです。火かき棒をつかんで廊下に出るドアの錠を打ちこわすと、四人が踏み込んでくる寸前に逃げて行ったのでございます。

キャサリンはとても興奮していて、二階まで一緒に来てくれとわたしに言いつけました。この騒ぎにわたしがかかわっていることをキャサリンは知りませんでしたし、わたしも知られたくなかったのです。

「ネリー、わたし、気が狂いそう」キャサリンはソファに身を投げ出して言いました。「鍛冶屋《かじや》が千人、頭の中でハンマーを打ちならしているみたいにがんがんするの。イザベラにそばに来ないように言ってね。この騒ぎはあの子のせいなんだから。あの子でもほかの誰でも、これ以上今のわたしを怒らせたら、ほんとうに狂ってしまうわよ。それからね、ネリー、今夜エドガーと顔を合わせたら伝えて——わたしは重病になりそうだって。いっそほんとうにそうなれたらいい。あの人のおかげで、びっくりしたりさんざん思い悩んだりしたんですもの、わたしだってあの人をおどかしてやりたいわ。それに、また来て悪口や泣きごとを並べたてるかもしれないし、そうなればわたしだって言い返して、あげくにどうなるかわからない。だからお願いね、ネリー。今度のことでは、わたしは全然悪くないの、知ってるでしょう？　どうしてまたエドガーも、立ち聞きなんかする気になったのかしら。あんたが部屋を出て行ったあと、ヒースクリフはめちゃくちゃなことを言ってたけど、イザベラの話題からはすぐにそらすことができて、あとは別になんでもない話だったの。それなのにあの人の立ち聞きですべてが台なし。立ち聞きの耳に入るのは自分の悪口ばかりっていうのに、どうしても聞かずにはいられない気持ちになることもあるのかしら。エドガーはわたしたちの話を聞かなかったとしても、ちっともかまわなかったはず。余計なことをしてくれたものだわ。だいたい、エドガーのためを思って、わたしが声もかれるほどさんざんヒースクリフを叱ったところだったのに、見当違いに腹を立てていきなりあんなふうにまくし立てるなんて、あの時わたし、もう二人がどうなってもいいと思ったわ。それに、今の争いがどんな結果になるにしろ、どうせわたしたち三人は当分ばらばらになってしまうんだし……。まあとにかく、もしヒースクリフをお友だちにしておけないなら、もしエドガーが嫉妬深く意地悪をするなら――いっそわたしの胸が張り裂けるばかりの悲嘆に暮れて、あの二人を悲しませてやるわ。どうしようもなくなった時には、すべて片付く手っ取り早い方法よ。でもそれは最後の手段。エドガーを急におどかすつもりはないわ。今までずっとエドガーは、わたしを怒らせないように慎重だった――それをやめたらどんなに危険かということを、あんたから説明するのよ。わたしは火がついたらすぐに狂乱状態になりかねない、激しい性格だからと念を押してね。ネリー、あんたときたらそのぼうっとした顔はなあに？もっとわたしのことを心配しているような顔をしてほしいものだわ」

確かに、無表情で聞いているわたしの様子を見ればいらだちもしたでしょう。キャサリンの指図は本当に真剣なものでしたから。でもわたしの考えでは、前もって自分の発作の効果的な利用を計画できる人なら、発作が起きても意志の力で自分をある程度おさえられるはずではありませんか。それに、キャサリンも言ったように、わたしだって旦那さまをおどかしたりしたくありませんでしたし、キャサリンのわがままに手を貸して旦那さまのお悩みを増すのもいやでした。

ですからわたしは、居間にいらっしゃる旦那さまにお会いしても何も申し上げませんでした。そっと引き返して、お二人の言い合いがまた始まりはしないか耳をすませることにしたのでございます。

先に口を開いたのは旦那さまでした。声にお怒りの色はなく、深い悲しみにあふれた調子でした。「そのままでいいよ、キャサリン、すぐに出て行くから。喧嘩《けんか》をしに来たわけじゃないし、仲直りしに来たわけでもない。一つだけ聞きたいことがあるんだ。今日のようなことがあったあとでも、君はまだつきあいを続けるつもりなのかい、あんな……」

「ああ、やめてちょうだい」キャサリンは最後まで聞かず、足を踏み鳴らして言いました。「お願いだから、今はもうその話はしないで。あなたの冷たい血は、どうやっても熱くできないのよ。氷水がつまったみたいな血管ですもの。わたしの血は沸き立っていて、あなたの冷たい顔を見ると、まるで煮えくり返るようだわ」

「ぼくを追い出したければ、聞いたことに答えておくれ」旦那さまは辛抱強くそうおっしゃいました。「答えなくてはだめだ。狂暴なふるまいをしてみせてもひるまないよ。君はその気になれば誰にも負けないほど冷静になれる人だと知っているんだから。さあ、今後ヒースクリフをあきらめるのか、ぼくを捨てるのか、どっちにする？　両方と仲良くするのは無理だ。どちらを選ぶか聞かせてもらう必要がある」

「わたしは一人にしてもらう必要があるのよ」キャサリンは怒り狂ったように叫びました。「もういいから一人にして！　限界なのがわからない？　エドガー、さあ、出て行って！」

そう言うと呼び鈴を力いっぱい鳴らしたので、呼び鈴はピーンと音を立ててこわれてしまいました。わたしはゆっくりと部屋へ入りました。なんと常軌を逸した、ひどい怒り方でしょう。徳のある聖人でも我慢できないに違いありません。ソファに横になって肘掛けに頭を打ちつけ、歯が砕けるかと思うほどの激しい歯ぎしりです。

旦那さまは急に気がとがめ、恐ろしくなられたのか、立って眺めていらっしゃいましたが、わたしに水を持ってくるようにお言いつけになりました。キャサリンは息が切れて、ものも言えない状態でした。

コップに一杯水を持って参りましたが、キャサリンは飲もうとしないので、わたしはその水を顔にふりかけました。するとキャサリンはすぐに身体をこわばらせ、目をつり上げました。鉛色に青ざめた両頬はまるで死人のようです。

旦那さまはたいそう驚かれているようでした。

「何でもないんでございますよ」わたしは小声で申し上げました。旦那さまに負けていただきたくなかったからです。もっとも、わたしも心の中では心配せずにはいられませんでしたが。

「キャサリンの唇に血がついている」旦那さまは身震いしておっしゃいます。

「心配ありませんよ」わたしは手厳しく答え、旦那さまが入ってこられる前にキャサリンがわたしに、狂気の発作を起こしてみせると言っていたことをお話ししました。ところが軽率にもわたしが充分に声をひそめなかったために、それがキャサリンの耳に入ってしまいました。キャサリンはいきなり身を起こしました。髪が両肩にかかり、目はぎらぎらして、首や腕の筋肉が異常に盛り上がって見えるではありませんか。骨の何本かは折られても仕方ないと覚悟しましたが、キャサリンはあたりをにらみつけただけで、一瞬の後には部屋をとび出して行きました。

あとを追うんだ、という旦那さまのご命令で、わたしはすぐについて行きましたが、キャサリンは自分の部屋まで行くとドアを閉めてしまったので、それ以上は無理でした。

翌朝になり、キャサリンは朝食にもおりて来ません。運んで来ましょうか、と聞きに行ってみましたが、「いらない！」という投げつけるような返事が返ってきました。お昼の時もお茶の時も、そして次の日も、わたしは同じように聞きに行きましたが、答えは同じでした。

旦那さまのほうはずっと書斎にこもって過ごされ、キャサリンはどうしているか、ともお聞きになりません。イザベラお嬢さんとは一時間ほどお話をなさり、ヒースクリフに言い寄られた時にはさぞかし恐ろしかっただろうね、などとお嬢さんの気持ちを聞き出そうとなさいましたが、結局、はぐらかされて、意に満たないまま終えざるを得ませんでした。けれども、もし血迷ってあんなけしからん男の接近を許すようなら兄妹の縁はきっぱり切るぞ、という厳重な警告はなさいました。

第十二章

イザベラお嬢さんは黙りこくったまま、たいていは目に涙を浮かべて猟園やお庭をぼんやりと歩きまわっていますし、旦那さまは本の山に埋もれて一冊も開こうとなさらずにすわっていらっしゃるばかり――おそらく旦那さまは、キャサリンが自分の行いを後悔し、仲直りのために許しを求めてやってくるのではないか、というかすかな望みを抱き続ける明け暮れに疲れ果てていらっしゃったのでしょう。キャサリンは頑固に絶食を続けていました。「わたしがいなくてエドガーは食事ものどを通らず、すぐにも足元にひざまずいてあやまりたい一心のくせに、自尊心が邪魔をして来られないのね」くらいに思っていたらしいのです。わたしはせっせと家事にいそしみながら、このお屋敷で分別のある人間はただ一人、つまりこのわたししかいないのだと確信せずにはいられませんでした。

むだだとわかっていますから、イザベラお嬢さんを慰めたり、キャサリンに忠告したりはいたしませんでした。キャサリンの声が聞けないのでせめて話の中にキャサリンの名前が出るのを聞きたいものだと旦那さまがため息をついていらっしゃるのも、見て見ぬふりを通しました。

仲直りしたければ皆さんでご自由に、と思っていたのでございます。そして、うんざりするほど遅々とした歩みではありましたが、ついに解決の糸口が見えたかと喜んだ折もありました。これからお話ししますように、結局そうはならなかったのですが……。

三日目のことです。キャサリンがドアを開き、水差しにもデカンタにも水がなくなったので入れてちょうだい、お粥も一杯ほしいわ、死にそうな気がするから、と言いました。旦那さまのお耳に入れたいために言い出したことのようでしたが、死にそうだとは思えませんでしたので、わたしの胸に納めておき、バターをつけないトーストとお茶を持って行きました。

キャサリンは夢中で食べると、また枕に寄りかかって手を握りしめ、うめき声を上げました。

「ああ、死んでしまいたい。誰もわたしのことなんか考えてくれないんだもの。あんなもの、食べなければよかったわ」

それからしばらくすると、次のようにつぶやく声が聞こえました。

「いいえ、死ぬわけにはいかない。エドガーを喜ばせることになるもの。あの人、わたしのことなんか愛していないから、いなくなっても絶対に悲しんだりしないわ」

キャサリンの顔つきはぞっとするほど青ざめ、身ぶりも妙に大げさでしたが、わたしは表面上は落ち着きを失わずに訊ねました。

「何かご用でしたか?」

「あの冷血漢は何をしているの? 眠り病にでもかかったか、それとも死んでしまったのかしら?」キャサリンはやつれた顔にかかる、もつれた豊かな髪を払いながら言いました。

「旦那さまのことでしたら、そのどちらでもありませんよ。まあまあ元気にしていらっしゃるようですが、ちょっとお勉強のしすぎですかしら。お仲間がいないので、ずっと本に埋もれていらっしゃるんです」

キャサリンの本当の状態を知っていたら、わたしもこんな言い方はしなかったでしょう。でもこの時はまだ、病気のふりをしているのだろうという考えが消えなかったのでございます。

「本に埋もれているですって？」キャサリンは驚いて言いました。「わたしが死にかけているのに！　もうお墓に入りそうだというのに！　ああ、わたしがすっかり変わってしまったのも知らないのかしら」キャサリンは部屋の反対側の壁にかかっている鏡をのぞき、自分の姿を見つめました。「あれはキャサリン・リントン？　ひょっとしたらエドガーは、わたしがすねているだけか、ふざけているだけかと思っているのかもしれない。まったく本当のことですって、あんたからエドガーに知らせてね。あの人の気持ちがわかったらすぐに、二つの道のどちらかを選ぶつもりよ、ネリー、もしまだ選べればの話だけどね。一つの道はすぐに飢え死にする――もっともこれは、あの人に愛情がなければ何の懲《こ》らしめにもならないわね。もう一つは良くなってこの土地を出て行く道よ。ねえ、さっきのエドガーの話は本当？　答えには気をつけて。わたしのことには本当にそんなに無関心なの？」

「何をおっしゃるんです。旦那さまは奥さまが思い煩《わずら》っていらっしゃるとは思いもよらず、飢え死にの心配などなされるはずもないんですからね」

「そうなの？　それじゃあんたから言って。わたしが飢え死にするつもりだって、よく話してほしいの。わたしに頼まれて伝えるっていう形じゃなくて、あんたが見ていてきっとそうなると思いますって」

「そうは参りません。だってさっき、おいしそうにお食事をなさったじゃありませんか。明日になれば元気が出ますよ」

「エドガーを死なせることになると確実にわかっていさえしたら、今すぐ死ぬんだけれど！」キャサリンはわたしの言葉をさえぎって話し出しました。「この恐ろしい三晩の間、わたしは一度もまぶたを閉じなかったの。ずっとうなされ続けて苦しかったこと！　それにネリー、わたし、あんたにも嫌われているような気がしてきたわ。不思議ね。みんながお互いに軽蔑し、憎み合っていても、わたしは誰からも愛されるはずだと信じていたのに、ほんの何時間かのうちにみんな敵になってしまった。そう、このうちの人は全部敵になってしまったの。冷たい顔に囲まれて死を迎えるのは、どんなにわびしいことかしら。イザベラは、嫌悪と恐怖で部屋に入るのさえ拒むでしょう。キャサリンが死ぬのを見るなんてこわいわ、って。エドガーはまじめな顔でそばに立ってわたしの最期《さいご》を見届け、屋敷に平和が戻ったことへの感謝の祈りを神さまに捧げると、いつもの本に戻って行くんだわ。まったく、わたしがこうして死にかけているっていうのに本なんか読んでいられるなんて、あの人には心っていうものがないのかしら」

旦那さまが落ち着きはらって静観していらっしゃるというわたしの話は、キャサリンにとって耐えがたいものだったのでしょう。しきりに寝返りを打っていましたが、心乱れた興奮状態はやがて錯乱となりました。枕を歯で食いちぎると、燃えるように熱い身体を起こし、窓をあけて、と言うのです。真冬のことで、強い北東の風が吹いていましたから、あけることはできません、とわたしは申しました。

ところがその時です。わたしはキャサリンの気分の変わりやすさと、顔に浮かぶ表情の変化に気づいてどきりとしました。この前の病気、さからってはいけないというお医者さまの命令などが思い出されます。

たった今まであれほど激しい調子でしたのに、わたしが言いつけに従わないことなど気にもとめないふうで、片手をついて身体を支え、さきほど食いちぎった枕の裂け目から鳥の羽根を引き出してはシーツの上に種類別に並べるという、子供っぽい遊びに熱中しているのです。心はすでにとりとめもない方向へ迷い出ているのでした。

「あれは七面鳥の羽根、これは鴨《かも》の羽根、それにこれは鳩の羽根」と一人でつぶやく声がします。「ああ、鳩の羽根も枕の中に入っているの。人の命を保つという縁起のいい鳩の羽根が入れてあるんじゃ、死ねなかったはずだわ。横になる前に忘れずに床に捨てなくては。これはライチョウの羽根、そしてこれは――絶対に間違えるはずのないタゲリの羽根。荒野のまん中でわたしたちの頭の上をくるくるまわっていた愛らしい小鳥よ。丘の頂上につくほど低く雲がたれこめて雨がふり出しそうだったから、巣に帰りたかったんでしょう。これはヒースの中から拾った羽根。あの鳥は撃たなかったんだから。冬に巣を見たら、小さな骸骨がいっぱい入っていたわ。ヒースクリフが巣の上に罠《わな》を仕掛けたんで、親鳥が帰って来られなかったのよ。タゲリは撃たないってあのあとヒースクリフに約束させて、ヒースクリフも撃たなかった。あら、まだあるじゃないの。ネリー、わたしのタゲリをヒースクリフは撃ったのかしら。どれか赤い羽根がある？　見てみましょう」

「赤ちゃんみたいなそんなまね、やめて下さい」わたしはキャサリンの言葉をさえぎり、枕を取り上げて穴のある面をマットレスに押しつけるように置きました。中身をその穴から一つかみずつ引っぱり出していたからです。「さあ横になって目を閉じるんです。熱に浮かされていらっしゃいますよ。この散らかり方！　羽根がまるで雪みたいに舞っていますよ」

わたしはあちこち羽根を拾ってまわりました。

キャサリンは夢でも見ているような調子で話し続けました。「わたしの目には、お婆さんになったあんたの姿が見える――白い髪、曲がった背中。このベッドはペニストンの岩山の下にある妖精のほら穴で、あんたはうちの若い雌牛を射るための石矢じりを集めているところだわ。でも、わたしがそばにいるから、羊の毛を拾っているだけだというふりをしているのね。今から五十年たったら、あんたはそうなるのよ。まだそうじゃないってことはわかってるわ。わたしは気が変になんかなっていないんですもの。それはあんたの思い違いね。変になっていたら、あんたが本当に皺《しわ》だらけの醜《みにく》いお婆さんで、ここがペニストンの山のほら穴だと思い込んでいるはずでしょう？　だけどわたしはちゃんとわかっているの、今は夜だって。テーブルの上の二本のろうそくの光で、黒い戸棚が黒玉みたいに光っているのも」

「黒い戸棚？　そんなもの、どこにあるんです？　寝言を言ってらっしゃるのね」

「ほら、いつものように壁ぎわに寄せてあるじゃないの。だけど、確かに変ね。中に誰かの顔が見える」

「このお部屋には戸棚なんかありませんよ、昔も今も」わたしはそう言ってもとの椅子にすわり、キャサリンの様子がよく見えるようにベッドのカーテンを寄せてとめました。

「あんたにはあの顔が見えないの？」キャサリンは鏡をじっと見つめながら訊ねました。

そして、わたしがいくら説明しても、それが自分の顔だということをわかってくれません。ついにわたしは立ち上がって、鏡にショールをかぶせてしまいました。

「まだあのうしろにいる！」キャサリンは不安そうに言い続けます。「今、動いたわ。誰なのかしら。あんたがいなくなったあとで出てこないといいけど。ああ、ネリー、この部屋にはおばけが出るのよ！　一人でいるのはこわい！」

わたしはキャサリンの手をとり、どうか落ち着いて、と申しました。次々に起るけいれんで身体を震わせ、鏡から目を離そうとしないからです。

「誰もいませんよ。ご自分が映っていたんです、奥さま。さっきはおわかりだったでしょう」

「わたしだったの」キャサリンはあえぎながら言いました。「時計が十二時を打っている！　やっぱり本当なのね。こわいわ！」

キャサリンは寝具をつかんで、目のところまで引っぱり上げました。わたしは旦那さまを呼ぼうと、ドアのほうにこっそり行こうとしたのですが、耳をつんざくような悲鳴に引き戻されました。鏡の枠からショールが落ちたのです。

「まあ、いったいどうしたんです？」とわたしは叫びました。「今度は奥さまこそ臆病者じゃありませんか。さあ、しっかり目をあけて！　あれは鏡ですよ、ね、奥さま。奥さまの姿が映っていて、ほら、横にはわたしもいますでしょう？」

キャサリンは混乱した頭で、震えながらわたしに抱きついていましたが、その表情から恐怖は次第にうすらいでゆきました。青白い頰が恥ずかしさに染まりました。

「まあ、いやだわ。わたし、生まれたうちにいるんだと思っていたの」キャサリンはため息をつきました。「嵐が丘のわたしの部屋に寝ているような気がしたのよ。身体が弱っているせいで頭もごちゃごちゃして、思わず大声をあげてしまったのね。何も言わずにそばについていて。眠るのがこわい。だって夢で恐ろしい思いをするんですもの」

「ぐっすり休まれるとよろしいですよ、奥さま。そして、今後は絶食など二度としないでいただきたいものです」

「ああ、嵐が丘のわたしのベッドに寝ているのならいいのに！」キャサリンは両手をもみしぼるようにしながら、悲痛に言葉を続けるのでした。「そして窓格子のそばの樅《もみ》の木をゆする、あの風。あの風にあたりたいものだわ。荒野から吹いてくるのよね。あの風をひと息でいいから吸わせて！」

心を静めていただくために、わたしがほんの数秒だけ窓を開きますと、冷たい風がさっと中へ吹き込んできました。わたしはすぐに窓を閉め、元の場所に戻りました。キャサリンは涙にぬれた顔で、静かに横になっていました。体力の消耗のためにすっかり心が沈んで、あんなに気性の激しいキャサリンが、泣き虫の子供も同然なのでございました。

「わたしがこの部屋に閉じこもってからどれくらいたつの？」キャサリンは急に我にかえって訊ねました。

「あれが月曜の晩のことで、今は木曜の夜、いえいえ、もう金曜の朝になりますね」

「あら、同じ週の、っていうこと？　たったそれだけしかたっていないの？」キャサリンは大きな声で言いました。

「お水と癇癪《かんしゃく》だけで生きるには長すぎるほどですよ」とわたしは答えました。

「だけど、うんざりするくらい長く感じたわ」信じられない様子でキャサリンはつぶやきました。「もっとたっているはずよ。二人の喧嘩のあと、居間でエドガーがひどいことを言ったから、夢中でこの部屋に駆け込んだのを覚えているわ。ドアに閂《かんぬき》をさしたら、とたんに目の前が真っ暗になって、そのまま床に倒れてしまった。いつまでもエドガーがわたしを悩ませ続けると、発作が起きるか気が狂うかに違いないと思ったんだけれど、それをあの人に説明できなかったの。舌は動かないし、頭は働かないしで。エドガーにはわたしの苦しみはわからなかったかもしれないわね。とにかくわたしとしては、エドガーから逃れたい、あの人の声の届かないところへ逃げ出したい、ということしかなかったのよ。ようやく目が見え、耳が聞こえるようになった時には夜が明け始めていたわ。その時何を考えていたか、話しましょうか、ネリー。あれ以来、何度も繰り返し頭に浮かんできて、気が狂ったかと思うほどよ。それはわたしが、倒れたままであのテーブルの脚に頭をつけた姿勢で、四角い灰色の窓をぼんやり眺めていた時のこと――なんだかわたし、嵐が丘の、樫の鏡板《かがみいた》を張ったベッドの中に入れられているような気持になっていたの。何か大きな悲しみで胸が痛むのに、目がさめたばかりで、よく思い出せないのね。いったい何だったかとあれこれ考えていたら、不思議なことに、この七年間のわたしの生活がまったくの空白になっているじゃないの。その年月があったことさえ、記憶になかったわ。わたしはまだ小さくて、お父さまのお葬式がすんだばかり、大きな悲しみの元はと言えば、ヒースクリフと一緒にいてはいけないってヒンドリー兄さんに言いわたされたことだったのね。生まれて初めて一人で寝かされて、ひと晩じゅう泣きあかしたわたしが、うとうと泣き寝入りしてふと目をさまし、引き戸をあけようと手をのばしてみたら、そこにあるテーブルに触れたというわけ。じゅうたんにさわったら、一気に記憶がよみがえってきて、新しい苦しみは激しい絶望の中にのみ込まれてしまったわ。どうしてあんなにみじめな気持ちになったのか――きっと一時的な錯乱に違いないわね。だって、原因らしい原因もないんですもの。だけどね、十二でむりやり嵐が丘から――幼い頃の思い出の一つ一つ、そしてあの頃のわたしにとって一番大事な存在だったヒースクリフからひきはなされて、あっという間にリントン夫人に――つまりスラッシュクロス屋敷の奥さまで、よく知らない人の妻に変えられてしまったことを、そしてそのために、今まで自分の世界だったところから追放されたも同然であることを考えてみて。わたしがもがきまわった淵の深さも少しはわかるでしょう？ 首を横に振りたいなら振っていいわよ、ネリー、あんたもわたしの心を乱すのに手を貸したくせに！ だいたい、あんたからエドガーに言ってくれればよかったのよ、わたしをそっとしておくようにって。ああ、身体が燃えるように熱い！ 外に出たいわ。自由奔放でおてんばな子供の頃に戻って、ひどい仕打ちにも怒らずに笑っていられたらいいのに！　なぜわたし、こんなに変わってしまったのかしら。ちょっとした言葉でこんなに激しく血が騒ぐのはどうして？　あの丘のヒースの中に入れば、きっと元のわたしに戻れるはずだわ。さあ、もう一度窓をあけて！　いっぱいにあけて、そのままにしておくのよ。早く！　なぜさっさとしないの？』」

「風邪で死なれては困るからですよ」わたしは答えました。

「わたしが生き返るチャンスを与えまいっていうつもりね？　それならいいわ。動けないわけじゃないんだから、自分であける」

キャサリンは不機嫌にそう言うと、わたしが止める間もなくベッドをすべりおり、おぼつかない足どりで部屋を横切って行って窓をあけ放ちました。そして、冷たい風がナイフのように鋭く肩にあたるのもかまわずに、外へ身を乗り出すのでございます。

どうかやめて下さいまし、とわたしは頼み、最後には力ずくで中へ引き戻そうとしましたが、正気を失ったキャサリンの力にはとてもかなうものではないとすぐに悟りました。実際、正気でないことは、その後の振舞いやわけのわからない言葉からみて間違いなかったのです。

月のない晩で、窓の外はぼんやりとした闇に包まれていました。どこを見渡しても、家の明かり一つ見えません。もうとっくに消されていたのです。嵐が丘の灯も、もちろん見えるはずはないのですが、キャサリンはそれが見えると言って譲りませんでした。

「ほら、ろうそくがともって、前で木が揺れているところ、あそこがわたしの部屋よ」キャサリンは熱っぽく言いました。「そして、もう一つろうそくのあるのがジョウゼフの屋根裏部屋。ジョウゼフったら夜ふかしだわね。わたしが帰ったら門をしめようと思って、待っているのよ。だけど、もう少し待ってもらわなくちゃ。道は楽じゃないし、心は沈んでいるし、その上、ギマートン教会の脇を通って行かなくちゃならないんですもの。わたしたち、よくあそこで度胸だめしをしたわね。墓石の並ぶ中に立って、幽霊、出るなら出て来い、って言ったりして……。ねえ、ヒースクリフ、もし今やってごらんとわたしが言ったら、やるだけの勇気はある？　あるのなら、わたし、あなたから離れないわ。あそこで一人ぼっちで眠るのはいやなの。十二フィートもの深さにわたしを埋めて、その上に教会堂をのせたとしても、あなたが来てくれるまで、わたし、安らかには眠れないわ、絶対に」

キャサリンはここで言葉を切り、不思議なほほえみを浮かべて続けました。「あの人、考えているわ。わたしのほうから来てくれればって思っているのね。それなら道を見つけて——あの墓地を通らなくていい道を！　あなたったら遅いのね。心配いらないわ。いつもわたしについて来たじゃないの」

正気でない人を説き伏せようとしてもむだなことです。わたしが頭を悩ませていたのは、どうしたらキャサリンをつかんだ手を放さずに、何か着せかけてあげるものをとれるか、ということでした。あけ放った窓のそばにキャサリン一人残しておくのは、とてもあぶなくてできませんでしたから。するとその時、驚いたことにドアの取っ手のがちゃがちゃする音がして、旦那さまが入ってみえました。ちょうど書斎から出て通りかかられ、わたしたちの声を耳にされて、こんな時間に何事かと、好奇心か心配かに駆られて確かめに来られたのです。

「ああ、旦那さま！」わたしのほうが先に申しました。旦那さまも風の吹き込む部屋の空気と目の前の光景に驚いて、何かおっしゃろうとしたのですが、それをおさえるように申したのです。

「おいたわしいことに、奥さまはご病気でございます。わがままばかりおっしゃって、言うことを聞いて下さいません。どうかこっちにいらして、ベッドに入るようにおっしやって下さいませ。お怒りはどうぞ水に流して。なにしろ、ご自分の思う通りのことしかなさいませんので」

「キャサリンが病気?」旦那さまは急いで近づいて来られました。「窓を閉めなさい、エレン! キャサリン、きみはなぜ……」

あとは続きませんでした。奥さまのやつれように衝撃を受けて言葉につまり、驚いたように奥さまからわたしへと視線を移されるだけなのです。

「奥さまはお悩みのあまり、ここでほとんど何も召し上がらず、苦しいとも何ともおっしゃらずにとじこもっていらしたんです。今夜になるまでわたしどもの誰も入れて下さらなかったんで、旦那さまにご様子をお知らせすることもできませんでした。でも、たいしたことはございませんですよ」

我ながらまずい説明だと思いながら申しますと、案《あん》の定《じょう》、旦那さまは眉をひそめ、厳しい口調でおっしゃいました。「これがたいしたことでないと言うのかね、エレン。今まで僕に隠していたわけを、もっとはっきり聞かせてもらおう」それから奥さまを腕に抱きかかえ、気づかわしげに見つめられました。

はじめ奥さまは、旦那さまだとわからないようでした。その放心した目には、大の姿が入らなかったのです。でもそれは一時《いっとき》のことで、外の闇から目を離すと、キャサリンはだんだんと旦那さまのほうに注意を向け、誰の腕に抱かれているのか気づきました。

「ああ、エドガー、来たのね」キャサリンの声には怒りの色がありました。「あなたって、用のない時にはいるくせに、そばにいてほしい時には絶対にいてくれない人ね。この先、わたしたち、悲嘆にくれることがたくさんありそうね。わたしにはわかるの。でもいくら嘆いたって、わたしがあそこにある小さな家へ行くのを止めることはできないのよ。春の終りまでに行くことになっている、永遠の休息所へ！　そしてそれはね、礼拝堂の屋根の下にあるリントン家のお墓じゃなくて、広い野原にたった一つたてた墓石の下なの。あなたはリントン家の墓地でもわたしのところでも、お好きなほうを選ぶといいわ」

「キャサリン、どうしたというんだ。僕なんかもうどうでもいいと思っているのかい？　愛しているのは、あの悪党ヒース……」

「やめて！」キャサリンは大きな声でさえぎって言いました。「言わないでちょうだい。その名前を口に出したら、わたし、窓からとびおりて、すべてに決着をつけてしまうわよ。今あなたの腕の中にあるわたしの身体は残っても、魂はあの丘のてっぺんに飛び去ってしまうの。今度あなたの手がわたしに触れる前にね。あなたなんか、いなくてもいいのよ、エドガー。あなたを求めたのはもう昔のこと。さあ、本のところに戻るといいわ。わたしはだめでも、本という慰めがあってよかったわね」

「正気を失っていらっしゃるんですよ、旦那さま」わたしは割ってはいりました。「さっきからずっと、うわごとのようなことばかりおっしゃっておいでなんです。でも、安静にして、きちんとお世話してあげれば大丈夫ですとも。お気にさわることのないように、今後はわたしたちもよく気をつけなくては」

「おまえの意見はもうけっこうだよ」と旦那さまはおっしゃいました。「おまえはキャサリンの性格がわかっていながら、あれを苦しめるようなことを僕にさせていた。その上、この三日間の様子だって、一言も知らせない。まったく薄情じゃないか！　何ヵ月も病気をしたって、こんなに変わるとは思えないよ」

ほかの人の勝手なふるまいのせいで叱られてはたまりません。わたしは弁解を始めました。

「奥さまが頑固で傲慢《ごうまん》な性格でいらっしゃるのは存じておりましたが、その激しい気性を旦那さまの手で守り育てるおつもりとは存じませんでした。奥さまのご機嫌を取るためにヒースクリフさんのことを大目に見るべきだとは、これも存じませんでした。忠実な召使いとしてお話しいたしましたのに、それにふさわしい、けっこうなごほうびですこと！　これからはこれに懲《こ》りて、気をつけることにいたします。知りたいと思われることは、今度から旦那さまご自身でお調べ下さいましね」

「今度いい加減なことを言ったら、屋敷をやめてもらうよ、エレン」

「では、もう何も聞きたくないとおっしゃるんですね、旦那さま。ヒースクリフがイザベラお嬢さんを口説きに来るのも、旦那さまのお留守のすきをねらっては奥さまのお耳に旦那さまの悪口をふきこみにここへ通って来るのも、すべて旦那さまのお許しを得ている、というわけですね？」

意識の混乱はあったもののキャサリンはわたしたちのやりとりに耳を澄ませていました。

「ああ、ネリーが裏切ったのね」キャサリンはかっとして叫びました。「ネリーは隠れた敵だったんだわ。この意地悪女！　わたしたちに投げつけるための石矢じりだったんだ！　放してよ。思い知らせてやる。悪うございました、って泣きわめかせてやるんだから」

ます。狂人の怒りが燃え上がる目で、キャサリンは旦那さまの腕を逃れようと必死にもがき

めて、ぼんやり待ってはいられません。わたしは自分の責任でお医者を呼ぼうと心に決

部屋を出ました。

道へ出ようとして庭を通った時、馬をつなぐ鉤《かぎ》をへいに打ちこんであるあたりで、何か白いものが不規則に動いているのが目に入りました。風で揺れているのでないことは確かです。急いでいましたが、わたしは足を止めて確かめてみることにしました。あれはこの世のものではなかったのでは、という考えがあとまで残るのはいやだと思ったのでございます。

目で見て、と言うより手でさわってみて、わたしは驚き、当惑いたしました。イザベラお嬢さんのスプリンガースパニエル犬ファニーがハンカチでつるされ、息もたえだえになっていたのです。

わたしは急いでハンカチを解き、犬をお庭におろしてやりました。お嬢さんが休まれる時に二階へついて行くのを見た覚えがありましたのに、どうしてここへ出てきたのか、また誰がこんなひどいいたずらをしたのか、不思議でした。

鉤につけられた結び目をほどいていた時、少し遠くを駆けて行く何頭かの馬の蹄《ひづめ》の音

を繰り返し聞いたように思えましたが、いろいろなことで頭がいっぱいで、あまりそのことは考えてみませんでした。明け方の二時にあんな場所で蹄の音がするのは、思えばおかしなことだったのでございます。

通りを行きますと、運よくケネス先生が、ちょうどお宅を出て村の患者を往診に向かわれるところでした。キャサリンの病状を聞かれると先生は、すぐに一緒に行こうと言って下さいました。

ケネス先生は率直で飾らないお人柄です。前の発作の時以上に指図を守るようにしなければ今度は助からないかもしれないよ、とはっきりおっしゃるのです。

「これには何か特別のわけでもあるのでは、と思わずにはいられないんだがね、ネリー・ディーン。スラッシュクロスのお屋敷で何があったんだ？　こっちでも妙なうわさを聞いたよ。キャサリンのように若くて丈夫な元気者が些細《ささい》なことで病気になるわけはなし、そんなことがあっては困るんだ。熱病に限らず、一命を救うのにえらく苦労するからな。始まりはどんなふうだったのかね？」

「旦那さまがお話なさいますでしょう」とわたしは申しました。「でも、先生もご存じの、アーンショー家の激しい気性——それが奥さまの場合、人をしのいでいらっしゃいますからね。まあ、口論がもとになったとは申していいと思います。激情に駆られているうちに一種の発作に襲われたと、とにかくご自身ではそうおっしゃっています。なにしろ、かっとして飛び出し、お部屋にこもってしまわれたんですから。それからはお食事も拒まれて、今ではうわ言を口走るかと思えば半分夢の中というご様子です。まわりの者の顔はおわかりですが、頭は幻想や奇妙な考えでいっぱいになっているようで」

「ご主人は悲しまれるだろうか？」先生はいぶかるように言われました。

「悲しむかですって？　それどころか、万一何かあったら胸が張り裂けてしまわれますよ！　必要以上に旦那さまをおどかさないで下さいまし」

「しかし、用心するようにとは言ってあるんだから、注意をきかなかった報いは受けねばならんよ。ヒースクリフ氏と最近は親しくしておられるのではないのかな？」

「ヒースクリフはよくお屋敷を訪ねて来ますが、それは奥さまと幼馴染《おさななじみ》の仲だというつてによるので、旦那さまが喜んで迎えられるからではございません。それに、ずうずうしくもイザベラお嬢さんに恋心などを見せたせいで、今は訪問禁止になっております。この先、許されることはあるまいと思いますよ」

「お嬢さんはヒースクリフを冷たくあしらっているのかね？」先生はそう訊ねられれま

す。

わたしのほうはその話を続けたくなかったので、「お嬢さんはわたしには心を打ち明けて下さいませんの」と答えました。

「そう、あの人は隠し立てするタイプだからな」先生は首を振っておっしゃいました。「気持ちを人に明かさない娘さんだ。だが、実に愚かだよ。これは確かな筋から聞いた話だが、ゆうべ——実際ゆうべはひどい晩だったのに——イザベラとヒースクリフはお屋敷の裏手の植込みの間を二時間以上も歩きまわっていたらしい。そしてヒースクリフは、もう家に戻らずにこのまま自分の馬で一緒に駆落《かけお》ちしようと迫っていたそうだ。この次会う時には必ずその支度をしておきますからとイザベラが固く誓って、なんとかその場はおさめたんだと。次に会うのがいつなのかまでは聞こえなかったらしいが、リントンさんに油断するなとよくよく言っておくがいいよ」

この話を聞いてわたしは新たな不安でいっぱいになり、ケネス先生をあとに残して、ほとんど駆け足でお屋敷へ戻りました。犬がまだお庭でキャンキャン鳴いていたので、ちょっと立ちどまって門をあけてやりました。すると犬は玄関のドアのほうへ行かずに、草の匂いをかぎながらあちこち駆けまわり、もしわたしがつかまえて中へ入らなければ道へ逃げ出すところでした。

イザベラの部屋へ上がってみますと、やはりわたしの心配どおり、空《から》っぽでした。あと何時間か早ければ、奥さまの病気をお知らせして、早まったことを止められたかもしれませんが、もうどうしようもありません。すぐに追いかければ、もしかして追いつけたかもしれませんけれども、まさかこのわたしが追いかけるわけには参りません。家の者たちを起こせば大騒ぎになりますから、それもできませんし、まして旦那さまに――目下の心配ごとで胸がふさがっていらして、別の新たな悲しみを受け入れることなど、とてもおできにならない旦那さまに、こんな出来事をお知らせできるはずはありません。しかたなくわたしは沈黙したまま、なりゆきに任せることにしたのです。ケネス先生が到着されると、落ち着きのない態度で上へ知らせに上がりました。

キャサリンは浅い眠りについていました。旦那さまが激しい狂乱をなんとか静められたのでしょう。枕の上に身をかがめ、キャサリンの苦しそうな表情に浮かぶ変化を一つも見逃すまいとするかのように、じっと見つめていらっしゃいました。

先生は診察をなさり、病人の周囲を常に静粛な状態に保っておけるなら回復の見込みはありますよ、と希望の持てる言葉を旦那さまにおっしゃいましたが、わたしにむかっては、命に別状はないにしろ、精神の錯乱が一生続くかもしれないのが心配だ、とおっしゃるのでした。

その晩、わたしは一睡もしませんでした。旦那さまもそうです。どちらも床につきさえしませんでした。召使いたちも皆、普段よりずっと早く起き出し、足音を忍ばせて家の中を歩きまわっては、顔を合わせるとひそひそと話をする様子です。イザベラお嬢さんを除いて誰もが動き出しているので、お嬢さんはずいぶんぐっすりお休みだな、という声が出始めました。旦那さまも、イザベラは起きたかと訊ねられ、待ち受けていらっしゃるようでした。姉が病気なのに心配もしないのかと気を悪くされていたのでしょう。行って呼んで来なさいと言われはしないかと気が気ではありませんでしたが、お嬢さんの家出を一番に報告するという損な役回りは免れることができました。女中の一人で朝早くからギマートンへお使いに行っていた、軽率な娘が、はあはあと息を切らせて階段を上がり、お部屋へ駆け込んできて叫びました。

「ああ、大変、大変！　いったいどうなることやら！　旦那さま、旦那さま、お嬢さまが！」

「し、静かに！」娘の騒々しさに腹が立ち、わたしは急いでたしなめました。

「もっと小さな声で話しなさい、メアリー。どうしたんだ。お嬢さんがどうかしたと言うのかね?」旦那さまがそうおっしゃいました。

「いらっしゃらないんです！ どこにも！ あのヒースクリフが連れて逃げたんです！」女中はあえぎながら言いました。

「まさか」旦那さまは驚いて立ち上がられました。「そんなはずはない。どうしてそんなことを言うんだ。エレン、さがしてきてくれ。信じられない。そんなわけはないんだ」

旦那さまはそうおっしゃりながら、女中をドアのほうへ連れて行き、なぜそんなことを言い出したのか、もう一度わけをお訊ねになりました。女中はおずおずと話し始めました。

「だって、いつも牛乳をとりにくる若い衆に道で会ったんです。お屋敷じゃ大変だろうって言うから、てっきり奥さまの病気のことだろうと思って、あたしが『ええ』って答えると、『誰か追っかけてるんだろうな』なんて言うんですよ。あたしが目を丸くしているのを見て、何も知らないのがわかって、それで教えてくれたんです。なんでも夜中の十二時すぎに、ギマートンから二マイルの鍛冶屋へ、男の人と女の人が馬の蹄鉄《ていてつ》をうってもらいに来たんだそうです。鍛冶屋の娘が誰だろうと思って起きてのぞいたら、両方とも知っている人だったんですって。男の人はヒースクリフにまちがいないってその子は言うし、誰が見てもヒースクリフなら見まちがうはずありませんよね。その人が勘定として一ポンド金貨を鍛冶屋のおやじさんに手渡すのを見たそうです。女の人はマントで顔を隠すようにしていたけれど、水をひと口ほしいと言って、それを飲んでいる時にマントがずれて顔がはっきり見えたらしいんですよ。ヒースクリフが手綱をとって、村を背に、でこぼこ道を大急ぎで駆けて行ったそうです。娘はおやじさんには黙っていて、今朝になってからギマートンじゅうに触れ歩いたんで」

わたしは走って行って、いちおう形だけイザベラの部屋をのぞいて戻ると、女中の言う通りでした、と申しました。旦那さまはベッドの脇の椅子にまた腰をおろしていらっしゃいましたが、わたしが戻ると目を上げ、わたしのうつろな表情の示す意味を読みとって目を伏せてしまわれました。指図も何もおっしゃらないままです。

「追いかけてお嬢さまを連れ戻す手段を講じるべきでしょうか？　どういたしましょう」わたしはお訊ねしてみました。

「いや、自分から出て行ったんだ。望むなら出て行く権利はあった。もう妹のことで煩わせないでおくれ。妹といっても、今後は名ばかりだよ。こちらからではなく、向こうから縁を切ったのだから」

旦那さまはそれだけおっしゃると、このことについては何一つお聞きにならず、名前さえおっしゃらなくなりました。ただ、新居がわかったらお屋敷にあるお嬢さんの持ち物を全部送るように、とわたしにお命じになっただけでございます。

第十三章

その後二ヵ月の間、駆け落ちした二人からは何の音沙汰《おとさた》もありませんでした。そしてその二ヵ月間に、キャサリンは重い脳炎にかかって、なんとかそれを切り抜けたのです。旦那さまの看護ぶりは、大事な独り子《ひとりご》の世話をする母親に負けないほど献身的でいらっしゃいました。昼も夜も奥さまを見守り、過敏な神経と乱れた理性から出される無理な言い分にもじっと辛抱していらっしゃいます。ケネス先生からは、そんなに苦労して墓場から救ってみたところで、将来の懸念のもとを育てているようなものだし、実際、廃人同様の者一人の命を支えるために自分の健康と能力を犠牲にしているじゃないか、と言われておられましたが、キャサリンが生命の危機を脱した時の感謝と喜びときたら、この上もないものでした。何時間も何時間もベッドのそばにすわって、次第に身体が回復する様子を見守りながら、きっと心もまた、まもなく平衡《へいこう》をとり戻して、すっかり元のキャサリンに戻ってくれるだろう、と楽観的な希望を抱いていらしたのです。

キャサリンが初めて病室を出たのは、三月はじめのことでした。その朝、旦那さまが金色のクロッカスを一握り、枕の上に置いておかれますと、キャサリンは目をさましてそれを見つけました。長い間喜びの色の浮かぶことのなかったその目が嬉しさに輝き、すぐに手をのばしたのです。

「嵐が丘に最初に咲き出す花よ！　これを見ると、優しい雪解《ゆきど》けの風や暖かい日ざし、それに解けかける雪を思い出すわ。ねえ、エドガー、もう南風が吹いて、雪もほとんど消えたかしら？」

「このあたりの雪はすっかり消えたよ。荒野全体を見渡しても、白く残っているのは二ヵ所だけだ。空は青いし、ひばりがさえずって、谷川も小川も水があふれそうになっている。去年の春の今頃、ぼくは君をこの屋根の下に連れて来られたら、と願っていたものだよ、キャサリン。今のぼくは、君があの丘の上へ一マイルか二マイル行ってみられるといいと思っている。さわやかな風が吹いているから、病気もきっとよくなるんじゃないかな」

「わたしがあそこへ行くのは一度だけよ。その時あなたは帰って、わたしだけあとに残るの——永遠にね。来年の春になったら、もう一度あなたは、わたしをこの屋根の下に連れて来たいと思うことになるわ。そして今日を思い出して、あの頃は幸せだったと思うでしょうね」

旦那さまはキャサリンを優しく抱き寄せ、心のこもった仕草と言葉を注いで元気づけようとなさいましたが、キャサリンはぼんやりと花を眺め、まつ毛にたまる涙が頬を伝っても、気にする様子もありません。

身体は確かに良くなっているのですから、こんなにふさぎこんでいるのは同じ部屋にずっと閉じこもっていたせいに違いない、場所が変われば少しは気が晴れるかもしれない、とわたしたちは判断いたしました。

旦那さまはわたしに、何週間も使っていなかった居間に火を焚《た》き、窓ぎわの日当りのよい場所に安楽椅子を置くように命じられますと、キャサリンをご自分で下へお連れになりました。ぽかぽかした日ざしの中にゆっくりすわっているうちに、わたしたちの期待どおりキャサリンは、まわりのものを眺めて元気を取り戻し始めました。見慣れたものばかりですが、あのいやな病室につきまとう暗い連想がありませんでしたからね。夕方になるとかなりお疲れのようでしたが、どんなにすすめても病室へ戻るのはいやだと言われますので、別の部屋の支度が整うまで居間のソファをベッドとして使えるようにしなくてはなりませんでした。

階段の上り下りで疲れることのないように、居間と同じ階にあるここ――ロックウッドさまが今お休みになっているこの部屋を寝室にいたしました。ほどなくキャサリンは、旦那さまの腕にすがって居間とこちらを行き来できるだけの力がついたのでございます。ああ、これだけ大切にされていれば良くなるかもしれない、とわたしは思いました。そう願うには別の理由もあって、実はもう一つの命がキャサリンにかかっていたのです。まもなく跡継《あとつ》ぎが誕生すれば、旦那さまもお喜びになり、この土地も他人の手に渡らずにすむだろうとわたしたちは希望を抱いていました。

家出から六週間ほどたった頃、イザベラから旦那さまのところに、ヒースクリフとの結婚を知らせる短い手紙が届いたことをお話しておかなくてはなりません。そっけなく、よそよそしい手紙でしたが、下のほうに鉛筆で書き添えられているのはお詫びのつもりなのでしょう、わたしのしたことにお腹立ちならどうか悪く思わず、許して下さい、あの時はほかにどうしようもなかったのですし、今となっては取り消すこともかなわないのですから、とありました。

旦那さまはお返事を出されなかったのでしょう。それから二週間ほど過ぎた頃、わたし宛《あ》ての長い手紙が一通届きました。新婚間もない花嫁が書いたにしてはおかしな手紙だと思ったものでございます。まだ持っております。生前大事だと思った人なら、どんな形見も貴重ですもの。いま読んでお聞かせいたしましょう。

親愛なるエレン（これが書き出しです）

　昨夜嵐が丘に来て、キャサリンが病気だったこと、今も容態がとても悪いことを初めて聞きました。キャサリンにお手紙を書いてはいけないでしょうし、お兄様は、怒っていらっしゃるのか悲しんでいらっしゃるのか、わたしにお返事もくれません。でも、誰かに書かずにはいられないし、そうなると残るのはあなただけなの。

　お兄様に伝えて――どうしてももう一度お会いしたい、って。スラッシュクロスを出て一日もたたないうちに、わたしの心は屋敷に戻ってしまって、今も離れていないし、お兄様とキャサリンへのなつかしさでいっぱいだということもね。けれども、心と一緒に身体まで戻るのは無理なの。（ここには下線が引かれて強調されています。）だから、わたしがそちらに帰る心配はないし、どう思われてもかまわないわ。ただ、意志の弱さや愛情不足のせいで帰らないのだとは思ってほしくないのよ。

さて、ここからはあなた一人に宛てて書きます。あなたに二つ聞きたいことがあるの。一つめは、この屋敷に暮していた時、あなたがどうやって人間らしい心のふれあいを忘れずにいられたかということ。今まわりにいる人たちと気持ちが通うことなんか、わたしには一つも見つからないのよ。

二つめにぜひとも知りたい質問です。

ヒースクリフさんという人は人間でしょうか？　人間だとしたら気が違っているの？　人間でないとしたら悪魔？　こんなことを訊ねる理由は言わないけれど、できたら教えて――わたしが結婚した相手が何者なのかを。そう、わたしに会いに来てくれる時にでもね。絶対に来てよ、エレン、もうすぐにでも。手紙ではだめ、訪ねて来てほしいの。お兄様からの言付けもいただいて、ね。

じゃ、今度は、わたしが新家庭にどんなふうに迎えられたかを聞かせましょう。どうやら、ここ嵐が丘がわたしの新家庭らしいから。暮しの快適さに不満を並べたてるのは、わたしの遊びみたいなもの――昔のようだったらと思うことは時にあっても、それ以外の時は気にしていません。もしそんな不都合だけが不幸の理由で、あとは奇妙な夢だったとしたら、きっとわたしは嬉しさのあまり笑い出し、踊りまわるでしょう。

わたしたちが荒野に入った時、スラッシュクロス屋敷のむこうに日が沈むところでしたから、六時頃だろうと見当がつきました。ヒースクリフが馬をとめて、猟園や庭、それに建物自体まで見てまわるのに三十分くらいかかったので、わたしたちが石畳の中庭で馬をおりた時には暗くなっていました。あなたが一緒に働いていたジョウゼフが獣脂《じゅうし》ろうそくを持って迎えに出て来ましたが、そのお行儀ときたら評判通りだったわ。まず明かりをわたしの顔の高さまで持ち上げて、憎々しげに横目でにらむと、下唇を突き出して顔をそむけるのよ。

それからジョウゼフは二頭の馬を馬屋へ引いて行き、また姿を現して外の門に錠をおろしに行きました。古いお城にでもいるような気がしたわ。

ヒースクリフがそのままジョウゼフと話をしているので、先に台所に入ってみましたが、散らかって汚らしい、穴蔵みたいなところ——あなたの手に任されていた時とはすっかり変わっていて、同じ場所とは思えないでしょうね。

火のそばに乱暴そうな男の子が一人立っていました。汚い身なりで丈夫そうな手足、目と口元がキャサリンに似ています。

「エドガーの義理の甥《おい》ね。わたしの甥にもなるわけだわ。とにかく握手して、いえ、キスしなくちゃ。最初に心を通わせておくのが大事ですもの」

そう思ってその子に近づき、ぽっちゃりした手をとろうとしました。

「坊や、こんにちは」

返事はあったけれど、わたしにはよくわからない言葉でした。

「仲良しになりましょうね、ヘアトン」わたしは続けて言ってみました。

するとそのお返しに子供の口から出たのは、ののしりと脅《おど》しの言葉なの。「さっさと消えねえとスロットラーをけしかけるぞ」ですって。

「おい、スロットラー」その子は、隅の寝場所にいるブルドッグの雑種犬を小声で起こすと、「さあ、どうだ、出て行くか?」と威張って言うのです。

命は惜しいから、仕方なく敷居の外に出て、他の人たちが来るのを待つことにしました。でもヒースクリフさんの姿は見えないし、ジョウゼフは馬屋だから、わたしは馬屋まで行って、一緒に入ってと頼みました。ジョウゼフったら、こっちの顔をじろじろ見て、何か独り言をつぶやいてから、鼻に皺《しわ》を寄せてこう言うの。

「ムニャムニャムニャ？　そんなしゃべり方、聞いたことがねえよ。モグモグモグだと？　何を言ってるんだか、ちっともわかりゃせん」

「あのね、わたしと一緒に家に入ってと言ってるのよ！」この人、耳が聞こえないのかと思ったけれど、あまりにも失礼な言い方に腹が立って、わたしは大声で言いました。

「ごめんだね。わしにゃ仕事がある」ジョウゼフは手も休めず、ひょろ長いあごをずっともぐもぐ動かしながら、軽蔑するような目でしげしげとわたしの服や顔を眺めました。服は充分に立派だったけれど、顔のほうはきっと情けない表情をしていて、さぞかしご満足だったでしょうよ。

わたしは中庭をまわって木戸を通り、別のドアを思いきってノックしてみました。もっとちゃんとした召使いが出てきてくれないかしら、と思ったんです。

少ししてドアをあけたのは、やせて背の高い男の人で、首にも何も巻かず、とてもだらしない感じでした。肩まで届くもじゃもじゃの髪に隠れて顔がよく見えませんでしたが、この人の目にもキャサリンの面影がありました。キャサリンの目の美しさは全然ないんですけれどね。

「ここに何の用だね？　あんたは誰だ？」その人はいかめしく訊ねました。

「元の名はイザベラ・リントンと申しました。以前お目にかかったことがあります。最近ヒースクリフさんと結婚したもので、連れられて参りました。ご承諾を得た上のことと存じますが」とわたしは答えました。

「じゃ、あいつは戻って来たんだな？」世捨て人のようなその人は、飢えた狼みたいにぎらぎら光る目でそう言います。

「ええ、二人で着いたところなんですが、わたしを台所の入口に残してどこかへ行ってしまいました。わたしが中へ入ろうとすると、坊やが見張り番をしていて、ブルドッグをけしかけて追い出すんです」

「あいつめ、言いつけを守るとは感心なやつだ」屋敷の主は怒ったようにそう言い、ヒースクリフは見えないかと、わたしの背後の暗闇をすかして見ました。それから、「あの悪鬼め、おれをだましたらどうするか見てろよ」などと脅《おど》したり呪《のろ》ったり、しきりに独り言を言い始めました。

こんなドアをノックするんじゃなかったと後悔したわたしは、この隙《すき》に逃げ出そうかと思いましたが、そうしないうちに入れと言われてしまい、わたしが入るとその人はドアを閉めて鍵をかけました。

暖炉の火が赤々と燃えている大きな部屋、ほかに明かりはありません。床全体にほこりがつもって灰色だし、昔はきらきら輝いていて思わず見とれたものだった白鑞《ピューター》のお皿も変色してほこりをかぶり、同じようにくすんで見えました。

女中を呼んで寝室へ案内していただけませんか、ときいてみましたが、アーンショーさんのお返事はありません。わたしのいることもすっかり忘れた様子で、両手をポケットに入れて行ったり来たりしているのです。考えにふけっているみたいで、人間嫌いな雰囲気が全体に漂っているので、それ以上話しかける勇気は出ませんでした。

エレン、その時のわたしがどんなに暗い気持ちだったか、あなたならわかってくれるでしょう？　歓迎してくれる人もない炉ばたにすわっている、孤独よりつらい寂しさ――わずか四マイルむこうには楽しい我が家があって、わたしがこの世で愛している人たちはみんなそこにいるのに、その四マイルがまるで大西洋のように遠くて、わたしには越えられないんですもの！

どこに慰めを求めればいいのかしら、と自分に訊ねてみました。これはエドガーとキャサリンには黙っていてね。何よりも悲しいのは、わたしの味方をしてヒースクリフに立ち向かってくれそうな人、それができる人がここにはただの一人もいないことだ、とわかったんです！

嵐が丘へ来るのを、わたしはむしろ喜んでいたぐらいだったの。ここへ来ればヒースクリフと二人きりで暮さなくてすむからいいと思ったのよ。でも、ヒースクリフはここにいる人たちをよく知っていて、干渉される恐れはないとわかっていたんです。

悲しみに沈んですわっているうちに、時計は八時を打ち、九時を打ちましたが、アーンショーさんはまだ行ったり来たりしていました。うなだれて一言も言わず、時々漏れるのはうめき声とつらそうな叫び声だけです。

どこか家の中で女の人の声でもしないかと耳をそばだてながら、激しい後悔と不吉な予感で胸がいっぱいになり、それがため息とすすり泣きになってしまいました。

自分ではそんなに声を出して嘆き悲しんだつもりはなかったのに、ずっと歩きまわっていたアーンショーさんがわたしの前に立ち止まり、今になって驚いたようにわたしを見つめているではありませんか。せっかく気づいてくれたこのチャンスに、わたしは声を大にして、はっきり言いました。

「旅の疲れもありますし、もう休みたいんです！　女中さんはどこ？　わたしが行きますから教えて下さい。ちっとも来てくれないんですもの」

「女中なんかいないよ。自分のことは自分でするしかない」

それを聞いてわたしは、「それじゃ、わたし、どこで寝ればいいんですか？」と涙声を出してしまいました。あんまり疲れてみじめだったから、自尊心も忘れていたのよ。

「ジョウゼフがヒースクリフの部屋に案内するから、そのドアをあけてごらん。そっちにいるんだ」

そう教わってドアに近寄ろうとすると、アーンショーさんはいきなりわたしを止めて、とても妙な口調で続けました。

「頼むから錠をおろして閂《かんぬき》も掛けてくれよ。忘れずにな」

「ええ、でもどうしてですか、アーンショーさん」わざわざ鍵までかけてヒースクリフと同じ部屋に閉じこもるなんて気が進まないので、わたしはそう訊ねました。

「いいか、これだ」ベストから取り出したのは、変わった作りのピストルでした。

銃身に両刃の飛び出しナイフがついているのです。「やけっぱちの男にとっちゃ、こいつはすごい誘惑さ、そうだろう？　毎晩これを手にして二階に上がり、あいつの部屋のドアが開かないかと試さずにはいられないんだ。もしあくことがあったら、あいつはおしまいだよ。そんなことはやめろ、と直前までは山ほどの理由を並べて自分をおさえようとしてみるが、どうしても行ってしまう。あいつを殺して自分の人生もだめにしてしまえ、とそそのかすのは悪魔のしわざだろう。あんたはあいつのためにせいぜいその悪魔と戦うがいいさ。時が来れば、天国の天使がそろって助《すけ》太刀《だち》したってあいつは助からないんだからな」

わたしはその珍しいピストルをしげしげと見ました。恐ろしい考えが浮かんできます——こんな武器があったら、わたしもどんなに心強いかしらってね。手にとらせてもらって刃にさわった時、一瞬わたしの顔に浮かんだ表情を見て、アーンショーさんは驚いたみたい。こわがるどころか、ほしそうにしていたからでしょうね。これは大変とばかりにわたしの手から取り戻すと、ナイフをたたんでベストにしまいました。

「あいつに話してもかまわない。用心させて、あんたも見張ってやるんだ。おれたちの不仲は知っていると見えるね。あいつの命がねらわれると聞いても驚かんじゃないか」

「ヒースクリフはあなたに何をしたんですか？　こんなにひどく憎まれるほど、いったい何を？　この家を出て行けとおっしゃったほうが、かえってよくありませんでしょうか？」

「とんでもない！」アーンショーさんはどなるように言いました。「出て行くなんて言い出したら、あいつ、生かしてはおかんぞ！　そんなことをすすめれば、あんたが殺したことになるんだからな。何もかも取られて、黙って逃がすもんか。ヘアトンに乞食になれって言うのか？　ちくしょう、必ず取り戻してやる。ついでにあいつの金と血もいただいて、魂だけは地獄送りだ。ヒースクリフみたいなやつがご来訪となれば、地獄の闇は十倍も濃くなるだろうよ」

あなたの元のご主人アーンショーさんがどんな人か、あなたからいろいろ聞いていたけれどね、エレン、まちがいなくあの人は気が狂いかけています。とにかく昨日はそうでした。そばにいるのもこわくて震えるほどで、無作法で気むずかしいジョウゼフのほうがまだ感じがいいと思うくらいでした。

アーンショーさんはむっつりしてまた歩きまわり始め、わたしは掛け金をはずして台所に逃げ込みました。

ジョウゼフが火の上にかがんで、上につるしてある大鍋をのぞいているところでした。そばの木の長椅子にオートミールの入った木鉢が置いてあって、大鍋の中身がぐつぐつと音を立て始めると、ジョウゼフは振り向いて木鉢に手を入れようとします。これがわたしたちの夕食になりそうだと見当がついたし、おなかもすいていたので、食べられなくなってはいけないと思って、大声ではっきり言いました。

「お粥《かゆ》はわたしが作ります!」それから木鉢をジョウゼフの手の届かない所に移し、帽子と乗馬服を脱ぎながら言葉を続けました。「自分のことは自分でやれとアーンショーさんが言われますから、そうするつもりです。あなた方に奥さまぶったりしないわ。飢え死にしたくないから」

「やれやれ」ジョウゼフは腰をおろして、うね織りの長靴下を膝から足首までさすりながらぶつぶつ言いました。「また新しい命令か。旦那二人にやっと慣れたところだってのに、この上、奥さまにまでお仕えせにゃならんとは、もう逃げ出す頃合かもしれん。長く暮したこのお屋敷を出る日が来ようとは思ってもみなかったが、それも遠くはあるまいよ」

そんな愚痴《ぐち》は聞き流して、わたしは支度にかかりました。お料理も楽しいばかりだった昔を思うとため息が出ましたが、思い出なんか、さっさと振り払うしかありませんでした。過去の幸せを思い出すのはつらかったし、思い出が心に浮かびそうになると、木べらを動かす手もオートミールをつかんで鍋の中に入れるのも早くなってしまうのです。

わたしのやり方を見ていて、ジョウゼフはますます腹を立てました。

「そうら、ヘアトン、今夜はお粥が食えんぞ。わしのこぶしほどもある、大きなかたまりばっかりだ。それそれ、まただよ。いっそのこと鉢ごとそっくりぶちこんだらいいだろうに。そら、浮きかすをすくえば出来上がりじゃよ。そんなにドスンドスンと突いて、底が抜けないのがもっけの幸いと言うもんだ」とこんな調子で叫び立てるの。

お椀によそってみると、たしかにひどい出来だったのは認めます。四人分の用意ができ、一ガロン用水差しに入った新しい牛乳が搾乳場《さくにゅう》から運ばれてくると、ヘアトンは水差しをつかんで飲み始めました。広い口からこぼしながらね。

わたしはヘアトンをたしなめ、カップに入れて飲んでちょうだい、そんなに汚くされたらその牛乳は飲めないじゃないの、と言いました。皮肉屋のジョウゼフは、わたしのお上品ぶりが大いに気に入らないというわけらしくて、「この子はどこから見たってあんたと同じくらい立派だし、同じくらい清潔なんじゃよ」と何度も繰り返したあげくに、よくそう気どっていられるもんだ、と言うんです。わんぱく坊主のほうは飲むのをやめず、水差しによだれをたらしながら、反抗的な目つきでこちらをにらみました。

「夕食は他のお部屋でいただくわ。居間《パーラー》のようなところはないの？」わたしが聞くと、ジョウゼフはせせら笑って、おうむ返しにこう言うのよ。

「居間だとさ！　居間ねえ！　いいや、ここには居間なんて立派なものはありゃしねえよ。わしらと一緒にいるのがいやなら旦那のところへ行けばいい。旦那と一緒がいやならわしらのところにいるんだね」

「それなら二階に行きます。部屋に案内してちょうだい」

わたしは自分のお椀をお盆にのせて、牛乳も少しとってきました。

ジョウゼフはしきりにぶつぶつ言いながら立ち上がり、先に立って階段を上がって行きました。屋根裏まで行ったの。歩きながらジョウゼフは時々途中の部屋のドアをあけてのぞきこみました。

「この部屋がよかろう」やっとジョウゼフは、蝶番《ちょうつがい》がぐらぐらする戸を手荒にあけて言いました。「粥を食うぐらいはここで充分じゃ。隅っこに麦の袋もあって、きれいなものだよ。上等の絹の服を汚したくなけりゃ、あの上にハンカチを敷いてすわりゃいいさ」

部屋と言っても、麦芽《ばくが》や穀物《こくもつ》の匂いがぷんぷんする、物置きのような場所です。いろいろな穀類の袋がまわりに積んであって、真ん中だけ広くあいているのです。わたしは怒って、真っ向からジョウゼフに立ち向かいました。「これはなんなの！　こんなところじゃ寝られないわよ。わたしは寝室に案内してもらいたいの」

「寝室！」ジョウゼフはあざけるように人の言葉をまねました。「寝室だったらいくらもあるから見るといい。あれがわしのだ」

ジョウゼフが指さした隣の屋根裏部屋も似たようなもので、違うのは壁ぎわにあまり物がないのと、低くて大きなベッドが一台あることくらいでした。ベッドにはカーテンはなく、端に藍色の掛けぶとんが一枚のせてありました。

「あんたの寝室なんかに用はないわ！」とわたしは言い返してやりました。「ヒースクリフさんは屋根裏で休まれるわけじゃないでしょう？」

「ああ！　あんたが行きたいのはヒースクリフの旦那の部屋だったかね」ジョウゼフは新しい発見でもしたように大声を出しました。「はじめっからそう言ってくれりゃ、何もこんなに手間隙《てまひま》かけずに話してやれたんだ。あの旦那の部屋だけは見るわけにはいかねえってことをさ。いつも鍵がかかってて、誰も入れないんだからな」

「素敵なお屋敷にいるのねえ、ジョウゼフ。それに気持ちのいい人たちばかり」わたしはそう言わずにはいられませんでした。「ここの人たちと一緒に暮す運命になった日から、世界中の狂気を濃縮したエキスがわたしの頭の中に住みついてしまった感じよ。でも、今はそんなことはどうでもいいの。他にも部屋があるでしょう。お願いだから早くどこかに落ち着かせて」

こんなに頼んでいるのに、ジョウゼフは返事もせず、偏屈な顔つきのまま、木の階段を重い足どりでおりて行きます。そして一つの部屋の前で立ち止まりました。家具が立派だし、ここで止まったことも考えて、一番上等の部屋なのだろうとわたしは推測しました。

じゅうたんが敷かれていて、それも良いものらしいのに、すっかりほこりをかぶっています。暖炉の切り紙細工が破れてさがっているのも見えました。立派な樫《かし》のベッドには、高価な布で現代風に仕立てられた、たっぷりした真紅のカーテンが掛かっているのですが、手荒な扱いを受けているのが明らかでした。垂れ幕が環《わ》からちぎり取られて花綵《はなづな》のように下がっているし、鉄のカーテンレールも片側が弓のように曲がっているために裾《すそ》を床にひきずっている有様です。椅子もいたみ、多くはこわれかかっているし、壁板もあちこちがへこんでいました。

でも、いいわ、入ってここを寝室にしましょう、と心を決めかけていたら、案内人のお馬鹿さんが言い出すのよ。

「ここは旦那の部屋なんで」

お粥はもうさめてしまったし、食欲もなくして、我慢の限界だったわたしは、今すぐどこか落ち着けるところに連れて行って、休めるように支度してちょうだい、と強い調子で言いました。

「いったいどこにそんな所があるってのかね？　神さま、ああ、お許し下さいまし！」ジョウゼフは信心家ぶって神さまを持ち出すのね。「いったいどこへ行こうってんだ、このできそこないで口うるさい役立たずめが！　見てないのはヘアトンの小部屋だけ、ほかに寝られる所なんぞこの家にはもう一つもないんじゃよ」

わたしは腹立ちのあまり、お盆を中身ごと床に投げつけて、段のおり口にすわりこみ、両手で顔をおおって泣き出してしまいました。

ジョウゼフはそれを見て大声を出しました。「ウへー、ウへー！　よくやった、よくやった！　だけども、あとで旦那がそこのかけらにつまずいたら、きっと大変なお小言《こごと》だから待ってるがいい。役立たずの馬鹿女め！　神さまの下さった大事な食べ物をば、癇癪《かんしゃく》を起こして足元に投げつけるとは！　これからクリスマスまで何一つ食わずにいるがいい！　だがな、あんたの元気もいつまで続くやら。そんなけっこうなお行儀をヒースクリフの旦那が許しておくと思うかね？　そうやって怒り狂ってるところを見つかりゃいいんだ。そうやってるところをさ」

この調子でがみがみ言いながら、ジョウゼフはろうそくを持って自分の部屋におりて行ってしまい、わたしは暗闇に残されました。

馬鹿なことをしたと反省し、とにかく今のところ、自尊心と怒りをおさえなくては、と思ったわたしは、気をとり直してあと始末をすることにしました。

まもなく、思いがけないお手伝いが現れました。犬のスロットラーです。その時気づいたんですけど、スロットラーはうちにいたスカルカーの子で、小さい時スラッシュクロスで育った犬ね。お父さまがヒンドリーさんにあげたんだわ。わたしを覚えていたらしく、挨拶の印に鼻を押しつけてきて、それから急いでお粥をがつがつと食べ始めました。その間にわたしは、階段を一段ずつ手さぐりして、割れた陶器のかけらを集めたり、手すりにとび散った牛乳をハンカチでふいたりしたんです。

すっかり終るか終らないかというところで、廊下にアーンショーさんの足音がしたので、わたしの助手のスロットラーは尻尾を巻いて壁にぴったりと身を寄せ、わたしは近くの部屋にそっと忍び込みました。ご主人の目を逃れたいというスロットラーの願いはかなわなかったらしく、階段を駆けおりる足音と、キャーンというあわれっぽい声が聞こえました。わたしのほうが運が良かったんです。アーンショーさんは通り過ぎて自分の部屋に入り、ドアを閉めましたから。

そのあとすぐにジョウゼフが、ヘアトンを寝かせに上がってきました。わたしが隠れていたのがヘアトンの部屋だったので、ジョウゼフはわたしを見つけて言いました。

「お高くとまってるのがいいんなら、下の家族部屋《ハウス》へ行くんだな。誰もいないから今なら一人じめだ。悪魔ならいつだって相手をしてくれるしな」

しめた、とばかりわたしは下へ行き、暖炉のそばの椅子に身を投げ出すようにすわったかと思うと、たちまち眠りこんでしまいました。

気持ちよくぐっすり眠っていたのに、残念ながらすぐに起こされました。ヒースクリフさんが入ってきて、いつものように、さも愛情こめた調子で、ここで何してるんだ、と聞くんですもの。

なぜこんなに遅くまで起きていたかと言うと、わたしたちの部屋の鍵をポケットに入れていらっしゃるからよ、とわたしは答えました。

わたしたちの部屋と言ったのが、あの人にしてみればとても不愉快だったらしいの。おまえなんかの部屋じゃない、これからだってそうだ、だいたいおれは——いいえ、もうこの先はよしておきます。あの人のいつもの振舞いなどもね。とにかく、わたしの憎しみを買おうとして、次々にいろいろな手に出てくるんです。こわさも忘れて驚いてしまうこともあるくらいなの。でもね、虎や毒蛇だってあの人ほど恐ろしいとは思いません。キャサリンは病気だが、それはおまえの兄貴のせいだ、兄貴をつかまえるまではかわりにおまえを苦しめてやる、って言うんです。

ヒースクリフが憎らしい。不幸だわ。自分が馬鹿だったのよ。こんなこと、お屋敷の人には絶対に誰にも言わないでね。来てくれるのを毎日待っています。わたしの期待を裏切らないで。

イザベラ

第十四章

この手紙を読み終えると、わたしはすぐに旦那さまのところへ行き、イザベラお嬢さまが嵐が丘に着かれてわたしにお手紙を下さいました、奥さまのご病気を心配なさり、旦那さまにとても会いたがっていらっしゃいます、そしてお許しの印をわたしを通じてできるだけ早くいただきたいとも書いてあります、と申し上げました。

「許しだって？　許すことなど何もないんだよ、エレン」と旦那さまはおっしゃいました。「行きたければ午後にでも嵐が丘へ行って、伝えてやっておくれ、ぼくは怒ってやしない、妹を失って悲しんでいるんだ、とね。しかも妹が幸せになれるとはとても思えないだけになおさらだ。しかし、ぼくが会いに行くのはとうてい無理な話だよ。イザベラとは永久に縁が切れたのだから。もし本当にぼくを喜ばせたいと思うなら、犬にしたあの悪党を説得して、この土地を去らせることだ」

「ほんの短いお手紙もお書きにならないとおっしゃいますの？」わたしは嘆願する口

調になりました。

「書かない。必要ないからね。ヒースクリフの家族と手紙のやりとりはしない。考えられないよ」

冷たいお言葉に、わたしはすっかり気がめいってしまいました。旦那さまのおっしゃったことを伝えるのに、どう言えばもう少し温かみが加わるだろうか、慰めの短い手紙を書くのさえ断られたことを、どう話せば多少なりとも穏やかになるだろうか――お屋敷を出てから、わたしの頭はその思案でいっぱいでした。

イザベラお嬢さんはおそらく朝からわたしの到着を待ちかねて、外を眺めていたのでしょう。庭の敷石道を歩いて行くと格子窓からのぞいているのが見えましたのでうなずいて見せましたが、誰かに見られるのを恐れるのか、ひっこんでしまいました。

わたしはドアをノックもせずに入りました。昔はあれほど陽気で楽しげだったお宅が、なんと暗くわびしいありさまでしょう。こう申してはなんですが、もしわたしがイザベラお嬢さんの立場でしたら、せめて暖炉のまわりを掃き、テーブルを拭《ふ》くくらいはしていたでしょう。でもお嬢さんは、まわりの投げやりな空気に早くも染まっていたのです。可愛いお顔はものうげに青ざめ、カールもかけない髪が無造作に頭に巻きつけられて、一部はのびきって垂れさがっていました。服も前の晩から着たままのようです。

ヒンドリーはいませんでした。ヒースクリフさんがテーブルに向かってすわり、紙入れの書類を調べていましたが、わたしが入って行くと立ち上がり、親しげに挨拶して椅子をすすめてくれました。

この家で唯一まともな存在というふうで、ヒースクリフがこれほど立派に見えたことはないと思いました。境遇のせいで二人とも気の持ち方が変化したのです。知らない人が見たら、ヒースクリフこそ生まれながらの紳士で、妻はどうしようもない自堕落《じだらく》な女だと思うに違いありません。

イザベラはいそいそとわたしを迎え、近くに来ると片手を差しのべて、待っていた手紙を受取ろうとしました。

わたしが首を横に振っても意味がわからなかったようです。壁ぎわの棚にボンネットを置こうとするとついて来て、持ってきたものを早く頂戴、と小声でせがみました。ヒースクリフにはイザベラの考えていることがわかったようでした。

「ネリー、イザベラに何か持ってきたのなら――いや、きっと持ってきたに違いないんだ――それを渡しておやり。隠すことはない。おれたち夫婦の間に秘密はないんだから」と言うのです。

「いえ、何も持ってはおりません」はじめから本当のことを言うのが一番だと判断して、わたしは答えました。「旦那さまからこちらの奥さまへ、わたしからお伝えするよう申しつかって参りました。今は手紙を書く気も訪ねて行く気もないのでそのつもりでいるように、妹の幸せを祈っているし、深く悲しませたことも許す、よろしく言ってくれ、ただし、両家の交際は断絶しよう、交際しても何も良いことはあり得ないから、とのことでございます」

ヒースクリフ夫人は唇をかすかにふるわせて、窓ぎわの席に戻りました。ヒースクリフはわたしのそばの炉辺に立ち、キャサリンのことをいろいろ聞き始めました。病気について、耳に入れてもかまわないとわたしが考える範囲で話そうとするのですが、ヒースクリフはわたしを質問攻めにあわせて、その発端《ほったん》の事情をつかんでしまいました。

もちろん、すべてキャサリンさんご自身のせいなのですよ、とわたしは話し、今後はリントンさまにならって、あちらの家庭への干渉はいっさいなさらないで下さいね、と申したのです。

「キャサリンさんはやっとなおりかけているところです。元通りにはならないでしょうが、命は助かりました。本当にあの方を大事に思う気持ちがおありなら、二度と顔を見せないで下さい。いえ、それよりもいっそのこと、この土地から出て行って下さればいいんです。あきらめが残らないように申しておきますが、今キャサリン・リントンとなっている方は、昔なじみだったキャサリン・アーンショーとは別人なのでございますよ。そこにいらっしゃるイザベラさんとこのわたしが別人なのと同じくらいにね。容姿もずいぶん変わられましたが、性格の変わりようはそれ以上です。人生の伴侶として暮さねばならない旦那さまにとって今後愛情の支えになるのは、かつての思い出、人としての人情、それに義務感だけでしょう」

ヒースクリフはわたしの言葉を聞くと、冷静に見えるように努めながら言いました。

「そうだな、あいつに人情と義務感しか頼るものがないというのは、確かにありうることだ。だが、おれがあいつの義務感と人情なんかにキャサリンを任せておくと思うか？　キャサリンに対するおれの気持ちが、あいつなんかの心と比べものになると思うか？　今日は帰る前に一つ約束してもらわねばならん。おれとキャサリンが会えるように計らうという約束だ。約束してもしなくても会うつもりだが、どうかね？」

「まあ、ヒースクリフさん、それはいけません。お引き合わせなど絶対にいたしませんよ。あなたとうちの旦那さまがもう一度衝突《しょうとつ》なさることでもあれば、キャサリンさんは死んでしまいます！」わたしはそう申しました。

「おまえが手を貸してくれれば、それは避けられる。それに、もしそんな危険がある時、いや、キャサリンの苦しみを一つでもあいつがふやす恐れがある時には、おれは思いきった手段をとってもかまわないと思っているんだ。正直に答えてほしいんだが、エドガーのやつがいなくなったら、キャサリンはひどく悲しむだろうか。それを恐れるから手出しを控えているわけだ。いいか、ここがあいつとおれの気持ちの違うところさ。もしもあいつがおれで、おれがあいつの立場だったら、おれはたとえあいつを心の底から憎んでいたとしたって、絶対に手を上げたりしない。嘘だと思うのはおまえの勝手だがね。キャサリンが望む限り、おれならあいつの出入りを禁じたりしないよ。ただし、キャサリンの好意が消えたら、その瞬間にやつの心臓を引き裂き、血を飲みほしてやる！　その時までは、たとえなぶり殺しの目にあっても、あいつの髪の毛一本にもさわるもんか。おれの言うことを信じないなら、おれという人間を知らないんだぞ」

「それなのに、キャサリンさんの全快の希望をだいなしにするのも平気なんですか。

あなたのことをほとんど忘れかけているところへ押しかけて、新しい混乱と悩みの渦に巻き込もうとするなんて」

「おれのことをほとんど忘れかけている？　そう思うのか？　いや、ネリー、そうでないのはおまえも知っているはずだ。エドガーのことを一度思うたびに、おれのことは千度思っている——よくわかっているだろう？　おれもひどくみじめな時期には、忘れられてしまったかと考えたし、去年の夏にこっちへ帰ってきた時にもその心配が頭から離れなかった。しかし、二度とそんな恐ろしい考えは抱かないぞ。キャサリンの口から、はっきりそうと聞かされない限り。そんな日が来たら、エドガーも、ヒンドリーも、これまでのおれの夢も、すべてがどうでもよくなる。おれの将来は死と地獄、その二つの言葉に尽きることになるだろう。キャサリンを失ったら、人生は地獄だろうから。しかし、おれも馬鹿だったよ、キャサリンがおれの愛よりエドガーの愛のほうを大事にしているなんて、一瞬にせよ考えるとはな。あんななよなよしたやつが八十年かかって愛したところで、おれの一日分にも及ぶまい。それにキャサリンの心はおれと同じくらい深い。その愛情をあいつが独占できるくらいなら、大海の水がそこの飼葉《かいば》桶《おけ》にすっかりおさまってしまうだろうよ。ちっ、エドガーなんか、キャサリンにとって犬か馬程度のものさ。おれのように愛される器《うつわ》じゃない。キャサリンもそんな男を愛せるわけがないだろう」

「キャサリンとエドガーは誰よりも愛し合っていますわ」イザベラが急に勢いづいて声をあげました。「そんなことを言う権利は誰にもないし、兄がけなされるのを聞いて黙ってはいられません」

「兄さんはおまえのこともずいぶんかわいがっているようじゃないか」ヒースクリフは軽蔑するように言いました。「驚くほどさっさと、おまえを世の荒波に任せたものだよ」

「兄はわたしの苦しみを知らないのよ。そんなことは書きませんでしたから」

「すると何か知らせてはいたんだな。手紙を書いたんだろう？」

「書きました。結婚を知らせる手紙をね。あなたもご覧になったでしょう？」

「その後は書いてないのか？」

「ええ」

「イザベラさんは結婚なさって、いたましいほどおやつれですねえ」とわたしは申しました。「これはきっと、どなたかの愛情が足りないせいに決まっていますよ。見当はつきますが、はっきりどなたとは言わないほうがいいでしょう」

「おれの見当では、足りんのは自分の愛情さ。すっかりだらしなくなっちまった。おれに気に入られようなんていう心がけには、異様なほど早く飽《あ》きたんだぜ。信じられないだろうが、結婚した次の日から、もう実家に帰りたいって泣くんだからな。だが、ご立派すぎない女のほうがこの家には似合いってものだ。そのへんをぶらぶらさせておれの恥にならんように気をつけるとしよう」

「ですけどね、この方はいつだって召使いに囲まれて、一人娘のお嬢さんとして大事に育てられてきたんですから、それを考えていただきたいものですよ」とわたしは申しました。「身のまわりのお世話をする女中を一人つけて、あなたももっとやさしくしてあげて下さいな。エドガーさまのことはどうお思いにしても、イザベラさんが強い愛情で人を愛せる方であることについては疑いはありませんでしょう？　そうでなければ、親しい方たちに囲まれた、上品でなに不自由のないお屋敷の暮しを捨てて、あなたとこんな殺伐《さつばつ》としたところに住んで満足しているわけがありませんもの」

「妄想に惑わされて捨ててきたのさ」とヒースクリフは答えました。「おれのことをロマンチックな物語の主人公みたいに想像して、騎士道風の献身的な愛情を、浴びるほど受けられるとばかり思い込んでな。まともな考えのできる人間とはとうてい思えないよ。おれの性格はこうだと勝手に決めつけて、そのでたらめな想像に基づいて行動するんだぜ。しかし、ようやくこいつにも、おれという人間がわかり始めたらしい。最初のうち馬鹿みたいににやにやしたり、作り顔をしたりしていたのが、この頃見なくなった。お前はのぼせあがって、とんだ思い違いをしているんだぞ、と言ってやっても真《ま》に受けなかった、物わかりの悪さもなおってきたようだな。おれに愛されていないと気づくには、驚くべき洞察力が必要だったらしい。一時はおれも、それを悟らせるのは無理かとあきらめかけたくらいだ。もっとも、まだ充分にわかっちゃいないがね。今朝だって、すばらしい真理でも発見したようにお知らせ下さったよ、あなたはわたしに憎まれることにとうとう成功なさったわ、とさ。まったく英雄ヘラクレスなみの大仕事だよ。本当に成功したなら、こっちこそありがたい。確かにおれを憎んでいると、お前の言葉を信じていいのかね、イザベラ。半日も放っておいたら、またため息をついて甘え声を出してくるんじゃないのか？　たぶんこいつは、おまえのいる前ではおれにやさしくしてもらいたかったんだろう。事実がばれると虚栄心が傷つくからだ。だが、完全な片思いだったことを、おれは誰にも隠すつもりはない。そのことでこいつに嘘をついたことは一度もないし、心にもなくやさしいふりをしてだましたと責められるいわれもないんだ。一緒にスラッシュクロス屋敷を出てきて、最初におれがして見せたのは、こいつのちっぽけな犬をしめ殺そうとしたことだったよ。助けてやってほしいと頼まれて最初におれが言ったのは、一人だけは別として、おまえの家族は全員しめ殺してやりたいんだという返事さ。ひょっとするとこいつは、その一人というのは自分だと思ったかもしれんな。とにかく、どんな残虐行為を見ても平気な女だ。大事な自分の身体さえ痛まなければ、残酷なことが生まれつき大好きなんだろう。だいたい、こんなけちな奴隷根性の、あさましいあまのくせに、おれに愛されると思うとは、まったく信じられんほどばかばかしい話だぜ。ネリー、おまえの主人に伝えてくれ、こんな卑しいやつは初めて見た、とな。リントンの家名さえ汚すというものだ。どこまで辛抱して恥ずかしげもなくまつわりついてくるか試してみたいと思っても、侮辱する手に事欠いて、一休みしなくてはならんこともあるほどさ。しかし、これも伝えてほしいんだが、おれは法律の範囲は絶対に越えないから、兄としても治安判事としても心配には及ばんよ。別居を求める口実になるようなことは、今までに一つだってしてない。それに、たとえ誰かがおれたちを別れさせようとしたって、こいつはありがたくも思うまい。出て行きたけりゃ、行けばいいんだ。こいつをいじめる喜びなんか比べものにならんくらいに、目ざわりでたまらんのだよ、こいつがいると」

「ヒースクリフさん、お話を伺っていると、気でも違われたかと思いますよ。イザベラさんはきっとそう思っていらっしゃるでしょうね。だからこそ、これまで我慢してこられたんです。でも、出て行っていいとおっしゃるのですから、もちろんそうなさるでしょう。ねえ、奥さま、進んでこの人のそばにとどまるほど、わけがわからなくなっておいでではないでしょう?」

「気をつけるのよ、エレン」イザベラの目には火花のように怒りがひらめきました。妻の心に自分への嫌悪をかき立てようとするヒースクリフの努力が成功したのはまちがいありませんでした。「この人の言うことは一言だって信じちゃだめ。嘘つきの悪魔なんだから。人間じゃないの。化け物だわ。前にも出て行っていいと言われて、出て行こうとしたことがあるけど、こわくて二度とするつもりはないのよ。ただしね、エレン、この人の忌《い》まわしい言葉は、お兄さまやキャサリンの耳には一言も入れないって約束してちょうだいな。どんなに言いつくろってみても、この人の望みはお兄さまを怒らせて破滅させることなのよ。わたしと結婚したのも、お兄様を思いのままにする力を得るためだと言っているんだもの。でも、そんなことはさせない。わたしが先に死んでやる。あの悪魔のような冷静さを失って、わたしを殺してくれればと祈っているのよ。わたしに考えられるただ一つの楽しみは、自分が死ぬか、この人の死ぬのを見るか、そのどちらかなの！」

「ようし、そのくらいにしろ」とヒースクリフが言いました。「もし裁判に呼び出されたら、こいつのセリフを思い出してくれよ、ネリー。それにあの顔をよく見るがいい。おれに似合いの相手になってきたようだ。だがな、イザベラ、お前に好き勝手なまねをさせておくわけにはいかない。法律上の保護者はおれなんだから、いやな義務だがお前を監督しなくてはならんのさ。エレン・ディーンとおれは話がある。お前は二階へ行くんだ。二階はそっちじゃないだろう。さあ、こいつ、二階だと言うのに」

ヒースクリフはイザベラの腕をつかんで部屋から追い出すと、ぶつぶつ言いながら戻って来ました。

「あわれみなんか持たんぞ、おれは。これっぽっちもな。虫けらがもがけばもがくほど、踏みにじってはらわたを出してやりたくなる性分なんだ。歯が生える時の歯茎のうずきを心で感じるようなもので、痛めば痛むほど力をこめて食いしばるんだよ」

「あわれみという言葉の意味がわかってるんですか？　これまであわれみなんて、ちょっぴりでも感じたためしがありますか？」　わたしは急いでボンネットをかぶろうとしながら申しました。

「そんなもの、置いておけよ」ヒースクリフはわたしが帰ろうとするのを見て言いました。「まだ帰っちゃだめだ。さあ、ここに来てくれ、ネリー。おまえを説得して、いや、それでだめなら無理にでも、とにかくおまえの助けを貸りて、おれはキャサリンに会う決心なんだ。それもすぐにだよ。誓って約束するが、危害を加えるつもりはない。騒ぎを起こしたいわけじゃないし、リントン君を怒らせたり、侮辱したりするつもりもない。ただ、キャサリン自身の口から聞きたいのさ――具合はどうか、なぜ病気になったのか、何かおれにできることはないかをね。ゆうべおれは、スラッシュクロス屋敷の庭に六時間いた。今夜も行く。毎日、夜も昼も通うつもりなのさ、中に入る機会を見つけるまでは。もしエドガー・リントンに会ったら、躊躇《ちゅうちょ》なくなぐり倒して、おれがいる間おとなしくしていてもらう。召使いどもが抵抗すれば、ここにあるピストルでおどして追い払うよ。しかし、おれが連中ともエドガーとも鉢合せしないようにするほうがよくはないかね？　おまえならそれがわけなくできるんだ。行ったらおまえに合図するから、キャサリンが一人になるのを見はからって、すぐにこっそりとおれを中に入れてくれ。そして帰るまで見張っていればいい。災《わざわ》いを防ぐためにするんだから、やましさを感じる必要もないわけだ」

雇い主のお屋敷でそんな背信行為をはたらくのはごめんです、とわたしは断りました。それに、せっかく落ち着いているキャサリンの心を自分の満足のためにかき乱すのは、残酷でわがままだと力説しました。

「なんでもない出来事にも奥さまはひどく驚かれるんです。とても神経過敏になっていらっしゃいますから、突然あなたが現れたりしたら絶対に大変なことになります。ですからそんな考えは捨てて下さいね。さもないと、わたしとしてはあなたのもくろみを旦那さまに知らせなくてはなりません。そうなれば旦那さまも、そんな不法侵入からお屋敷と家族を守るための手段をおとりになるでしょう」

「それならおれの手段として、おまえをここから出さないことにするぞ」とヒースクリフは大きな声で言いました。「明日の朝まで嵐が丘から帰さないからな。おれに会ったらキャサリンが大変なことになるなんて、馬鹿げた話さ。それに、突然行って驚かすと言うが、そんなつもりもない。おまえからあらかじめ話しておいてもらう——行ってもいいか、となキャサリンはおれの名前を一度も口にせず、誰もキャサリンに向かっておれの話はしない、とおまえは言うが、おれを話題にすることが禁じられている屋敷にいるんじゃ、キャサリンだっておれの名前を口に出せる相手もいないわけだろう？　おまえたちのことを皆、エドガー側のスパイだと思っているんだ。ああ、キャサリンはさぞかし苦しいに違いない——そんなおまえたちに囲まれて。沈黙しているということでキャサリンの気持ちは一番よくわかるんだ。そわそわして不安そうなことがよくあるとおまえは言うが、それでキャサリンは落ち着いていることになるのか？　精神状態が不安定だとおまえは言うが、そんなおそろしい孤独の中で安定なんかするわけがないじゃないか。その上、あの気の抜けたような、どうしようもない男が、義務と人情で世話をしてるんだぜ。あわれみとお慈悲でね！　あいつの薄っぺらな世話くらいでキャサリンが元気を取り戻すと思うのは、樫の木を植木鉢に植えて立派に成長させようとするようなものさ。さあ、さっさと決めてしまおう。おまえはここにいて、おれが一人で乗り込んで行って、エドガーや召使いをやっつけてでもキャサリンに会うのか、それともこれまで通りおれの味方をして、おれの言う通りやってくれるのか。どっちかに決めるんだ！　もしおまえが頑固に意地を通すつもりなら、おれはもう一刻もぐずぐずしないからな」

こんなわけでしてね、ロックウッドさま、わたしはいろいろと言い返したり、文句を言ったり、何十回となく断ったりしたのでございますが、結局は無理に承知させられてしまいました。ヒースクリフの手紙を奥さまに届け、いいと言われたら、エドガーさまが次にお屋敷をあける時をヒースクリフに知らせるという約束です。その時にはわたしも他の召使いもいないようにして、勝手に入ってもらうという寸法でした。

わたしのしたことは正しかったでしょうか、それとも間違っていたのでしょうか。間違っていたのではないかと思いますが、一時の便法《べんぽう》ではありました。わたしが承諾すれば大きな衝突が一つ避けられると思いましたし、もしかするとキャサリンの心の病に、良い転機をもたらしてくれるかもしれないとも思ったのです。それに以前、いい加減なことを言ってはいけない、と旦那さまから厳しく叱られたことも思い出しました。今度のことは厳しい見方をすれば信頼を裏切る行為かもしれないけれど、これっきりにするのだから、と何度も心に繰り返すことで、わたしは心の動揺を静めようとしました。

それでも帰り道のわたしは、来る時以上に悲しい気持ちでございました。手紙を奥さまの手にお渡しする決心をつけるまでには、ずいぶん迷い、悩んだものです。

あら、ケネス先生がいらっしゃいましたよ。下へ行って、ずいぶんよくなられましたと申し上げて参ります。わたしのお話は、わたしどものよく言う「長たらしい」ものですから、またいつか退屈しのぎにお聞かせしましょう。

長たらしくて陰鬱《いんうつ》な話か――親切なディーンさんが医師を迎えに下りて行ったあと、僕は考えた。確かに、聞いて楽しもうという種類の物語ではないだろう。だが、別にかまわないさ。苦い薬草のようなディーンさんの話から良薬を取り出すとしよう。その一、として、キャサリン・ヒースクリフのきらきら輝く目に潜む魅力に用心すること。もしあの人に心を奪われて、母親そっくりの女性だったりしたら、大変なことになりそうだから。

嵐《あらし》が丘《おか》（上）〔全２冊〕
エミリー・ブロンテ作

2004年2月17日　第1刷発行
2025年5月7日　第23刷発行

訳　者　河島弘美《かわしまひろみ》

発行者　坂本政謙

発行所　株式会社　岩波書店
〒101-8002 東京都千代田区一ツ橋2-5-5
案内 03-5210-4000　営業部 03-5210-4111
文庫編集部 03-5210-4051
https://www.iwanami.co.jp/

印刷・三陽社　カバー・精興社　製本・中永製本

ISBN 978-4-00-322331-4　Printed in Japan

読書子に寄す

――岩波文庫発刊に際して――

岩波茂雄

真理は万人によって求められることを自ら欲し、芸術は万人によって愛されることを自ら望む。かつては民を愚昧ならしめるために学芸が最も狭き堂宇に閉鎖されたことがあった。今や知識と美とを特権階級の独占より奪い返すことはつねに進取的なる民衆の切実なる要求である。岩波文庫はこの要求に応じそれに励まされて生まれた。それは生命ある不朽の書を少数者の書斎と研究室とより解放して街頭にくまなく立たしめ民衆に伍せしめるであろう。近時大量生産予約出版の流行を見る。その広告宣伝の狂態はしばらくおくも、後代にのこすと誇称する全集がその編集に万全の用意をなしたるか。千古の典籍の翻訳企図に敬虔の態度を欠かざりしか。さらに分売を許さず読者を繋縛して数十冊を強うるがごとき、はたしてその揚言する学芸解放のゆえんなりや。吾人は天下の名士の声に和してこれを推挙するに躊躇するものである。このときにあたって、岩波書店は自己の責務のいよいよ重大なるを思い、従来の方針の徹底を期するため、すでに十数年以前より志して来た計画を慎重審議この際断然実行することにした。吾人は範をかのレクラム文庫にとり、古今東西にわたって文芸・哲学・社会科学・自然科学等種類のいかんを問わず、いやしくも万人の必読すべき真に古典的価値ある書をきわめて簡易なる形式において逐次刊行し、あらゆる人間に須要なる生活向上の資料、生活批判の原理を提供せんと欲する。この文庫は予約出版の方法を排したるがゆえに、読者は自己の欲する時に自己の欲する書物を各個に自由に選択することができる。携帯に便にして価格の低きを最主とするがゆえに、外観を顧みざるも内容に至っては厳選最も力を尽くし、従来の岩波出版物の特色をますます発揮せしめようとする。この計画たるや世間の一時の投機的なるものと異なり、永遠の事業として吾人は微力を傾倒し、あらゆる犠牲を忍んで今後永久に継続発展せしめ、もって文庫の使命を遺憾なく果たさしめることを期する。芸術を愛し知識を求むる士の自ら進んでこの挙に参加し、希望と忠言とを寄せられることは吾人の熱望するところである。その性質上経済的には最も困難多きこの事業にあえて当たらんとする吾人の志を諒として、その達成のため世の読書子とのうるわしき共同を期待する。

昭和二年七月

《イギリス文学》〔赤〕

- ユートピア — トマス・モア　平井正穂訳
- 完訳カンタベリー物語　全三冊 — チョーサー　桝井迪夫訳
- ヴェニスの商人 — シェイクスピア　中野好夫訳
- 十二夜 — シェイクスピア　小津次郎訳
- ハムレット — シェイクスピア　野島秀勝訳
- オセロウ — シェイクスピア　菅泰男訳
- リア王 — シェイクスピア　野島秀勝訳
- マクベス — シェイクスピア　木下順二訳
- ソネット集 — シェイクスピア　高松雄一訳
- ロミオとジューリエット — シェイクスピア　平井正穂訳
- リチャード三世 — シェイクスピア　木下順二訳
- 対訳シェイクスピア詩集 —イギリス詩人選(1) — 柴田稔彦編
- から騒ぎ — シェイクスピア　喜志哲雄訳
- 冬物語 — シェイクスピア　桒山智成訳
- 言論・出版の自由 他一篇 —アレオパジティカ — ミルトン　原田純訳
- 失楽園　全二冊 — ミルトン　平井正穂訳
- ロビンソン・クルーソー　全二冊 — デフォー　平井正穂訳
- 奴婢訓 他一篇 — スウィフト　深町弘三訳
- ガリヴァー旅行記 — スウィフト　平井正穂訳
- トリストラム・シャンディ　全三冊 — ロレンス・スターン　朱牟田夏雄訳
- ウェイクフィールドの牧師 —むだばなし — ゴールドスミス　小野寺健訳
- 幸福の探求 —アビシニアの王子ラセラスの物語 — サミュエル・ジョンソン　朱牟田夏雄訳
- 対訳ブレイク詩集 —イギリス詩人選(4) — 松島正一編
- 対訳ワーズワス詩集 —イギリス詩人選(3) — 山内久明編
- 湖の麗人 — スコット　入江直祐訳
- キプリング短篇集 — 橋本槇矩編訳
- 対訳コウルリッジ詩集 イギリス詩人選(7) — 上島建吉編
- 高慢と偏見　全二冊 — ジェーン・オースティン　富田彬訳
- ジェイン・オースティンの手紙 — 新井潤美編訳
- マンスフィールド・パーク　全二冊 — ジェイン・オースティン　新井潤美・宮丸裕二訳
- シェイクスピア物語　全二冊 — チャールズ・ラム　メアリー・ラム　安藤貞雄訳
- エリア随筆抄 — チャールズ・ラム　南條竹則編訳
- デイヴィッド・コパフィールド　全五冊 — ディケンズ　石塚裕子訳
- 炉辺のこほろぎ — ディケンズ　本多顕彰訳
- ボズのスケッチ 短篇小説篇　全二冊 — ディケンズ　藤岡啓介訳
- アメリカ紀行　全二冊 — ディケンズ　伊藤弘之・下笠徳次・隈元貞広訳
- イタリアのおもかげ — ディケンズ　伊藤弘之・下笠徳次・隈元貞広訳
- 大いなる遺産　全二冊 — ディケンズ　石塚裕子訳
- 荒涼館　全四冊 — ディケンズ　佐々木徹訳
- 鎖を解かれたプロメテウス — シェリー　石川重俊訳
- アイルランド 歴史と風土 — オフェイロン　橋本槇矩訳
- ジェイン・エア　全二冊 — シャーロット・ブロンテ　河島弘美訳
- 嵐が丘　全二冊 — エミリー・ブロンテ　河島弘美訳
- サイラス・マーナー — ジョージ・エリオット　土井治訳
- アルプス登攀記　全二冊 — ウィンパー　浦松佐美太郎訳
- アンデス登攀記　全二冊 — ウィンパー　大貫良夫訳
- ジーキル博士とハイド氏 — スティーヴンスン　海保眞夫訳
- 南海千一夜物語 — スティーヴンスン　中村徳三郎訳
- 若い人々のために 他十一篇 — スティーヴンスン　岩田良吉訳
- 怪談 —不思議なことの物語と研究 — ラフカディオ・ハーン　平井呈一訳

ドリアン・グレイの肖像　オスカー・ワイルド　富士川義之訳
サロメ　ワイルド　福田恆存訳
嘘から出た誠　ワイルド　岸本一郎訳
童話集 幸福な王子 他八篇　オスカー・ワイルド　富士川義之訳
分らぬもんですよ　バァナード・ショウ　市川又彦訳
ヘンリ・ライクロフトの私記　ギッシング　平井正穂訳
南イタリア周遊記　ギッシング　小池滋訳
闇の奥　コンラッド　中野好夫訳
密偵　コンラッド　土岐恒二訳
対訳 イエイツ詩集　高松雄一編
月と六ペンス　モーム　行方昭夫訳
読書案内 —世界文学　W・S・モーム　西川正身訳
人間の絆 全三冊　モーム　行方昭夫訳
サミング・アップ　モーム　行方昭夫訳
モーム短篇選 全二冊　行方昭夫編訳
アシェンデン —英国情報部員のファイル　モーム　中島賢二・岡田久雄訳
お菓子とビール　モーム　行方昭夫訳

ダブリンの市民　ジョイス　結城英雄訳
荒地　T・S・エリオット　岩崎宗治訳
オーウェル評論集　小野寺健編訳
パリ・ロンドン放浪記　ジョージ・オーウェル　小野寺健訳
カタロニア讃歌　ジョージ・オーウェル　都築忠七訳
動物農場 —おとぎばなし　ジョージ・オーウェル　川端康雄訳
対訳 キーツ詩集 —イギリス詩人選(10)　宮崎雄行編
キーツ詩集　中村健二訳
オルノーコ 美しい浮気女　アフラ・ベイン　土井治訳
解放された世界　H・G・ウェルズ　浜野輝訳
大転落　イヴリン・ウォー　富山太佳夫訳
回想のブライズヘッド 全二冊　イーヴリン・ウォー　小野寺健訳
愛されたもの　イーヴリン・ウォー　中村健二・出淵博訳
対訳 ジョン・ダン詩集 —イギリス詩人選(2)　湯浅信之編
フォースター評論集　小野寺健編訳
白衣の女 全三冊　ウィルキー・コリンズ　中島賢二訳
アイルランド短篇選　橋本槙矩編訳

灯台へ　ヴァージニア・ウルフ　御輿哲也訳
狐になった奥様　ガーネット　安藤貞雄訳
フランク・オコナー短篇集　阿部公彦訳
たいした問題じゃないが —イギリス・コラム傑作選　行方昭夫編訳
真昼の暗黒　アーサー・ケストラー　中島賢二訳
文学とは何か —現代批評理論への招待 全二冊　テリー・イーグルトン　大橋洋一訳
D・G・ロセッティ作品集　南條竹則・松村伸一編訳
真夜中の子供たち 全二冊　サルマン・ラシュディ　寺門泰彦訳
英国古典推理小説集　佐々木徹編訳

岩波文庫の最新刊

坂元ひろ子・高柳信夫監訳
厳復
天演論

清末の思想家・厳復による翻訳書。そこで示された進化の原理、生存競争と淘汰の過程は、日清戦争敗北後の中国知識人たちに圧倒的な影響力をもった。
〔青二三五-一〕 定価一一一〇円

フリードリヒ・シュレーゲル
武田利勝訳
断章集

「イロニー」「反省」等により既存の価値観を打破し、「共同哲学」の樹立を試みる断章群は、ロマン派のマニフェストとして、近代の批評的精神の幕開けを告げる。
〔赤四七六-一〕 定価一一五五円

永井荷風著／中島国彦・多田蔵人校注
断腸亭日乗(三) 昭和四―七年

永井荷風は、死の前日まで四十一年間、日記『断腸亭日乗』を書き続けた。(三)は、昭和四年から七年まで。昭和初期の東京を描く。(注解・解説＝多田蔵人)(全九冊)
〔緑四二-一六〕 定価一二六五円

太宰治作／安藤宏編
十二月八日・苦悩の年鑑 他十二篇

第二次世界大戦敗戦前後の混乱期、作家はいかに時代と向き合ったか。昭和一七―二一(一九四二―四六)年発表の一四篇を収める。(注＝斎藤理生、解説＝安藤宏)
〔緑九〇-一二〕 定価一〇〇一円

……今月の重版再開……

忍足欣四郎訳
中世イギリス英雄叙事詩 ベーオウルフ
〔赤二七五-一〕 定価一二二一円

プルタルコス／柳沼重剛訳
エジプト神イシスとオシリスの伝説について
〔青六六四-五〕 定価一〇〇一円

定価は消費税 10% 込です　　2025. 3